丛书编委会

顾　问
陈平原　刘跃进　王长华　李　扬

编委会主任
吕新斌

编委会副主任
彭建强　孟庆凯　刘　月

主　编
陈　晋　郑恩兵

副主编
董素山　向　回　汪雅瑛

编　委（按姓氏笔画排序）
马春香　王少军　田浩军　包来军　吉　喆　刘书芳　刘贵廷
关小彬　杨　程　杨春生　宋少净　张　辉　张川平　赵　华
高露洋　郭义强　阎晓宏　梁晓晓

华北抗日根据地及解放区文艺大系

陈晋 郑恩兵 主编

晋冀鲁豫《人民日报》文艺文献全编

文艺史料

第四卷

向回 梁晓晓 编

河北出版传媒集团

河北教育出版社

图书在版编目（CIP）数据

晋冀鲁豫《人民日报》文艺文献全编．文艺史料．第四卷 / 向回，梁晓晓编． -- 石家庄：河北教育出版社，2023.12

（华北抗日根据地及解放区文艺大系 / 陈晋，郑恩兵主编）

ISBN 978-7-5545-7679-3

Ⅰ．①晋… Ⅱ．①向…②梁… Ⅲ．①文艺－作品综合集－世界－现代②晋察冀抗日根据地－文学史－史料③晋察冀抗日根据地－艺术史－史料 Ⅳ．①I11②I209.92

中国国家版本馆 CIP 数据核字（2023）第 064056 号

书　　名	晋冀鲁豫《人民日报》文艺文献全编·文艺史料·第四卷
	JINJILUYU RENMIN RIBAO WENYI WENXIAN QUANBIAN WENYI SHILIAO DI-SI JUAN
编　者	向　回　梁晓晓
责任编辑	武丹丹
装帧设计	郝　旭
出　　版	河北出版传媒集团
	河北教育出版社　http://www.hbep.com
	（石家庄市联盟路705号，050061）
印　　制	石家庄众旺彩印有限公司
开　　本	787毫米×1092毫米　1/16
印　　张	16.75
字　　数	210千字
版　　次	2023年12月第1版
印　　次	2023年12月第1次印刷
书　　号	ISBN 978-7-5545-7679-3
定　　价	98.00元

版权所有，侵权必究

编纂说明

在中国共产党百年发展历程中，文艺始终是党领导人民开展进步事业的有机组成部分，是党在各个历史时期的中心工作的实时反映和重要推动力量。"华北抗日根据地及解放区文艺大系"，是一部全面展示抗日战争和解放战争时期华北地区党的历史创造、奋斗风采和形象建构的大型革命历史文艺文献丛书，对于深入研究华北地区革命文艺史、红色新闻史，弘扬伟大建党精神、梳理中国共产党人精神谱系，是必不可少的第一手资料，是我们在新时代坚定树立文化自信的重要思想资源。

一、编纂缘起

抗日战争及解放战争时期，华北地处各方政治与文化力量激烈博弈的前沿，这种特殊政治、军事、文化、地理环境中产生的革命文艺，具有鲜明的地域性特征，是五四新文化运动以来的革命文艺发展史上的突出标识。

但一直以来，由于史料文献整理不足，对华北抗日根据地及解放区文艺的研究，始终未能深入，其独特的地域性实践价值和蕴含的文化创新意义被严重遮蔽。这些史料文献主要以党报党刊的形式呈现，梳理汇编这些党报党刊中的革命文艺史料，借之以探索华北革命文艺的发展路径、发展方向、创造机制和创新经验，是深入贯彻习近平总书记关于"把红色资源利用好、把红色传统发扬好、把红色基因传承好"，"用好红色资源、赓续红色血脉"等系列重要讲话精神的有力举措，也是新时代文艺研究者不可推卸的责任。

2017年6月左右，我们去中国社科院文学所拜访时任所长刘跃进先生，协商合作研究事宜，寻求中国社科院文学所的帮助。请教过程中，刘先生建议我们结合地方特色，做好地方红色文艺文献的搜集整理与编纂出版工作。经过一段时间筹备，2017年底，我们以"河北红色经典系列丛书"为名，正式申报"2018年度河北省省级宣传文化发展专项资金"项目并成功立项，旨在通过选定刊行河北红色经典作品、梳理汇编河北红色经典研究资料、系统阐述河北红色经典发展历史等基础性工作，打造一个集大成式的河北红色经典文献资料库。

项目最初设计共二十四卷，包括六大板块：《河北红色经典史》一卷、《河北红色文艺作品选》六卷、《河北红色经典作家作品索引》三卷、《河北红色经典研究资料汇编》四卷、《〈晋察冀日报〉副刊文学作品全编》六卷、《晋冀鲁豫抗日根据地文艺作品及〈新华日报〉太行版文艺作品汇编》四卷。但在项目实施过程中，我们充分吸收专家意见，认为网络时代和大数据背景下的科研活动有了很大变化，《河北红色经典作家作品索引》与《河北红色经典研究资料汇编》的编纂工作，在当前学术生态中价值不大，并予以取消。同时，在项目实施过程中我们发现，《晋察冀日报》《人民日报》等党报除刊发大量文艺作品外，还有大量记录边区文艺工作者行迹，反映边区戏剧、音乐、文学、美术、舞蹈、曲艺活动与报刊书籍出版发行等各方面情况的文艺史料，以及体现我党文艺方向、方针变化的政策文件与重要领导讲话，是华北地域党和人民对敌作战的重要宣传武器，更是飘扬在华北地区军民心中一面旗帜。这些史料是华北地域革命文艺发生、发展与壮大的真实记录，对我们正确认识革命文艺的特点与历史地位有重要的决定性作用。

为此，我们精心整理了《〈晋察冀日报〉文艺文献全编》《晋冀鲁豫〈人民日报〉文艺文献全编》《〈晋察冀画报〉文艺文献全编》《晋察冀日报社人物志》（共五十一卷），同时收入全国抗战时期和解放战争时期与河北地域相关且被广大群众所喜爱并广泛传唱的红色文艺作品，结集为《河北红色文艺作品选》（共六卷），至此形成丛书目前的五大板块，而且将名称由"河北红色经典系列丛书"改为"华北抗日根据地及解放区文艺大系"，方便以后在此基础上做进一步拓展。

二、地域范围及文艺特质

华北抗日根据地包括当时山东、河北、山西、察哈尔、绥远、热河全部及豫北、苏北、皖北部分地区，分晋绥、晋察冀、晋冀豫、冀鲁豫、山东五大块。1941年，冀鲁豫合并到晋冀豫，称晋冀鲁豫。其中晋察冀抗日根据地作为开辟最早、地域最大、人口最众的模范抗日根据地，是华北抗日根据地的坚强堡垒，牵制和抗击了三分之一以上的华北日军和二分之一的伪军。

在河北及其邻省周边地区开辟与创建华北抗日根据地，是红军长征到达陕北之后党中央迅速做出的重大战略决策。这些根据地地处对日武装斗争最前线，不仅打开了抗战的新局面，成为华北敌后抗战的主战场，而且进行了新民主主义社会的实践探索，对解放战争的历史进程产生了巨大影响，成为我党开辟东北解放区的前进基地和逐鹿中原的战略后方。随着抗日根据地的开辟，延安文艺工作团、西北战地服务团、东北促进纵队干部队、八路军总政治部前线记者团等大批文艺工作者，随同党政干部一道陆续抵达华北，东北、平津的青年学生也纷纷冒着生命危险来到边区。他们一手拿枪，一手拿笔，深入农村与抗战前线，切身体会工农兵的生活，深刻了解工农兵的需求，从而根本上克服了艺术至上主义思想倾向。所以，华北抗日根据地及解放区文艺，既响应了伟大的民族抗战对文学艺术提出的时代要求，亦充分兼顾到广大人民群众的接受习惯和欣赏水平，真实地反映了华北人民火热的战斗与生产生活。很多作者本身就是农民、战士或基层工作者，他们把自己的经历和熟悉的人和事，通过小说、戏剧、诗歌、报告文学、歌曲、绘画、舞蹈等文艺样式记录下来，语言通俗平实，富有生活气息。由于产生于特定时代、特定区域而又适应特定需要，故而无论是题材、语言还是风格，在体现革命大众文艺共性的同时，又具有强烈的华北地域特性。

华北抗日根据地及解放区文艺的繁荣发展，是专业文艺工作者与工农兵群众共同创造的结果。人民群众不仅是革命文艺运动的主导主体、推进主体、受益主体，还是一切成败得失的评判主体。华北抗日根据地及解放区文艺，归根结底，是"以人民为中心"的文艺。

三、学术价值

今天的河北在抗日战争、解放战争时期是晋察冀、晋冀鲁豫两大根据地的中心区域，有着悠久的革命历史传统和丰厚的红色文化底蕴。据不完全统计，抗日战争和解放战争期间，仅晋察冀边区专区以上就办有报刊四百余种，编印图书五百余万册。如果将这种统计扩大到环绕河北的整个华北抗日根据地及解放区，时间扩展至从中国共产党成立到中华人民共和国成立，数据更为可观。这些红色图书、报刊的出版发行，团结了一大批来自全国各地的著名革命文艺家和专业文艺工作者，其中有大量文艺相关信息，是研究近现代中国革命文艺的重要史料。但因受当时物质条件及复杂局势影响，它们传播范围有限，保存困难，如今已普遍出现老化或损毁现象，面临着消失、断层的危险。

长期以来，由于对抢救、整理和利用红色文艺文献的意义认识不足，现行的科研评价、出版机制亦难以有效刺激科研工作者积极从事老旧报刊等红色文艺文献的系统整理，大量有待整理的红色文艺文献尚未进入学界的视野。特别是华北抗日根据地及解放区的文艺文献，有很多甚至还是学术盲区。如《冀中导报》《救国报》《边政导报》《冀南日报》《团结报》《前进报》《新察哈尔报》《冀热察导报》等各类党报，以及《冀热辽画报》《冀中画报》《北方文化》《五十年代》《新长城》《新群众》《诗建设》《诗战线》等期刊，虽有部分学者对其办报（刊）历程、思想以及传播等方面予以研究，但均无系统的文艺文献整理本。"华北抗日根据地及解放区文艺大系"整理的《晋察冀日报》、晋冀鲁豫《人民日报》、《晋察冀画报》，是当时华北抗日根据地及解放区党报党刊的典型代表，是党的理论和实践同文艺结合的主要媒介和载体，是华北革命文艺重要的传播平台。这些报刊，既客观记录了华北革命文艺的传播与发展，也完整展现了华北革命文艺的特殊使命与风格特征，具有极其重要的史料价值。在此基础上，我们还会将视角延伸到《晋绥日报》《新华日报·太行版》《新华日报·太岳版》等党报，不断地充实这套大型文献史料丛书，以此来系统建构华北抗日根据地及解放区的"文艺史料学"。

四、丛书特色

这套丛书的编纂，主要以抗日战争及解放战争期间华北境内各根据地、解放区出版、发行、制作之图书、期刊、报纸等红色文献中的文艺资料为内容。编纂特色主要包括：

(一) 抢救珍贵历史文献，弘扬伟大建党精神。

华北抗日根据地及解放区的红色文献发行于条件艰苦的战争年代，数量少，印制质量粗糙，历经岁月的洗礼，留存下来的品相完好者已经很少，有些到今天已成孤本。这些文献作为特定历史时期和区域的产物，见证了中国共产党领导华北人民争取民族独立和人民解放的伟大历程，反映了华北近代社会的巨大变化，蕴含着珍贵的史料价值和鉴往知来的现实意义，是中国共产党领导的文艺事业、新闻出版事业与意识形态建设发展的历史见证。它们诠释了党的初心和使命，蕴含着坚定的理想信念与崇高的革命精神，到今天仍然具有强大的感染力与说服力，是陶冶情操、磨炼意志，走好新时代长征路的有效精神资源。抢救性搜集、整理与研究这些珍贵历史文献，有利于增强党政干部政治信仰，弘扬伟大建党精神和践行社会主义核心价值观。

(二) 文艺与党史密切融合，拓展革命文艺与党史研究的新视野。

革命文艺作品的创作、发表和传播，和党的历史任务和奋斗实践是分不开的。在艰苦卓绝的革命岁月，奋斗前行的中国共产党始终强调，既要拿"枪杆子"，也要拿"笔杆子"。革命的文艺工作者，一手拿枪，一手拿笔，深入农村与抗战前线，以人民大众易于接受和欣赏的形式，宣传党的政策，推行党的方针，为中国共产党顺利完成不同历史阶段的中心任务和伟大使命发挥了独特而重要的作用。本套丛书收入的文献史料，主要是抗日战争与解放战争时期党报党刊中的文艺作品与文艺史料，它们鲜明生动地体现了党的历史，党领导人民争取民族独立、人民解放的奋斗历程和精神面貌，从而为学界从文艺角度研究党史和从党史角度研究文艺提供了有力支撑。

（三）作品汇编与史料梳理并行，还原革命文艺的历史场域。

"华北抗日根据地及解放区文艺大系"的编纂，全面辑录华北抗日根据地及解放区党报党刊上刊登的诗歌、小说、戏剧、报告文学、散文、歌曲、版画等文艺作品，并系统梳理当时文艺发生、发展、传播以及社会各界文艺活动的各类消息和报导，同时选编了大量的河北红色文艺作品作为补充。这种文艺史料与文艺作品的配合整理，还原了革命文艺的历史场域，有利于构建对革命文艺的科学认识。

五、丛书内容

（一）《〈晋察冀日报〉文艺文献全编》共三十八卷：

诗歌三卷

戏剧一卷

小说二卷

文艺评论三卷

文艺史料九卷

外国文艺二卷

散文报告文学十七卷

歌曲版画一卷

（二）《晋冀鲁豫〈人民日报〉文艺文献全编》共十一卷：

诗歌一卷

戏剧、小说、文艺评论一卷

散文报告文学五卷

文艺史料四卷

（三）《〈晋察冀画报〉文艺文献全编》一卷

（四）《晋察冀日报社人物志》一卷

（五）《河北红色文艺作品选》共六卷：

诗歌一卷

戏剧一卷

散文一卷

小说三卷

六、编纂体例

（一）整套丛书题材丰富、门类众多，在体裁上不做强行统一。

（二）丛书中所录作品均为当年报刊发表的原文。为确保丛书的文献性、学术性、专业性和资料性，丛书编辑加工的总原则为保持文献原貌，内容上不做改动。

（三）文字的使用

1. 丛书中文字的使用以2013年教育部、国家语言文字工作委员会公布的《通用规范汉字表》为准。

2. 丛书中的古体字、通假字、俗体字，以及所涉及姓名字号、职官地理等专用字，均予保留。

3. 丛书原文字迹模糊残损，但仍可辨认或可依上下文校正，以字外加方框"口"表示；原文缺字或无法辨识，且无法校补，每字以一个方框"口"表示；如无法统计所缺字数，则以"⊠"表示。

4. 丛书中数字的使用，保持原貌。

（四）标点符号及其他符号的使用

1. 丛书在不改变原文意义的情况下，将旧式标点改作现行标点符号。

2. 丛书原文中出现代表文字的符号，如"×""△""○""▲"等，保持原貌。

3. 丛书原文中的着重号、专名号等不再保留。

（五）其他

1. 丛书原文中的注释，保持原貌；编者亦出部分注释，供读者参考。

2. 因为原始文献本身产生于战争年代，保存不易，漫漶不清处较多，丛书疏误之处在所难免，希望专家读者批评指正。

七、鸣谢

本套丛书得以顺利面世，要特别感谢中共河北省委宣传部、河北省社会科学院、河北教育出版社的资金支持，以及北京大学陈平原教授、中国社科院文学所刘跃进研究员、南开大学文学院李扬教授、河北师范大学文学院王长华教授等，为丛书编纂提供了多方面的学术支撑；晋察冀日报社老报人及报史研究会诸位老师，中国社科院文学所现代室、中国丁玲研究会、中国现代文学馆各位专家，也在丛书编纂过程中提出了许多建设性意见；院内外的数十位年轻科研工作者，在原文录入和校对方面付出了艰辛劳动，确保了项目的顺利进行。在此一并致谢。

把艺术交给大众（代序）
——祝贺"华北抗日根据地及解放区文艺大系"结集问世

中国社会科学院　刘跃进

由河北省社会科学院文学研究所编纂、河北教育出版社出版的"华北抗日根据地及解放区文艺大系"结集问世，值得庆贺。

文艺是时代前进的号角。1937年7月7日，卢沟桥事变爆发，全面抗战由此而起。广大的爱国知识分子和青年学生，表现出同仇敌忾的民族气节，走出书斋，走出校园，用知识，用智慧，用不屈的精神力量唤醒民众，用实际行动担负起抗日救亡的历史重任。在此后的岁月里，延安文艺和华北抗日根据地及解放区文艺，是中国共产党领导下的两大主体，双峰并峙，展示着那个时代的风貌，引领了那个时代的风气。

随着抗日根据地的开辟，延安文艺工作团、西北战地服务团、东北促进纵队干部队、八路军总政治部前线记者团等大批文艺工作者，随同党政干部一道陆续抵达华北，东北、平津的青年学生也纷纷冒着生命危险来到边区。他们一方面积极创作大量街头剧、活报剧、街头诗、墙头小说、木刻版画、歌曲、舞蹈等革命文艺，开展抗日救亡宣传运动；一方面也通过开办文艺干训班，开展各行业、各阶层甚至全民的文艺创作与评选活动，吸引工农兵群众加入文艺队伍，掀起了"晋察冀一周""冀中一日"等具有深化性质的群众写作运动，以及"创造模范村剧团""穷人乐"等群众戏剧运动，为晋察冀文艺史添上了浓墨重彩的一笔。

　　说到这里，我想起2009年参加《北平学生移动剧团团体日记》捐赠仪式的一段往事。从1937年到1938年，在中国抗战史上唯一以大学生组成的"北平学生移动剧团"在长达一年半的时间里，历尽艰难，转辗于国民党第五战区的各个战场，演出话剧，创办报纸，宣传抗日，鼓舞斗志，谱写出响彻云霄的时代赞歌。移动剧团的成员每人一周轮流记述，用日记形式记录了那段不平凡的岁月，《北平学生移动剧团团体日记》就是这部历史的记录。它不是写给个人看的私密记录，也不是为将来面世扬名。作者完全出于一种历史责任，真实客观地记录了那段鲜为人知的历史，体现出强烈的史家意识。日记封面上有这样一段题记，"北平学生移动剧团·愿我永恒·中华民国二十七年二月二十三日始·璧华"。孤立地看这部日记，也许没有什么轰轰烈烈的战斗业绩，也没有什么感人肺腑的情感纠结。客观、平实是它的本色，正是这种本色，为那个历史年代留下一段真实。"北平学生移动剧团"的抗日活动，是文艺工作者投身抗日洪流中的一个历史缩影。

　　随着抗战的胜利，察哈尔省会张家口解放，晋察冀文协、晋察冀剧协、晋察冀音协、晋察冀美协、晋察冀通讯社、晋察冀边区剧社、晋察冀日报社、晋察冀画报社等文化团体随中共晋察冀中央局和军区领导先后开赴华北根据地，一大批文艺工作者也随之来到华北，开展丰富多彩的文艺活动。他们坚持毛泽东《在延安文艺座谈会上的讲话》中指出的方向，一手拿枪，一手拿笔，深入农村与抗战前线，既为切身体会工农兵的生活，也为深刻了解工农兵的需求，从而在根本上克服了自身相当普遍和严重的艺术至上主义思想倾向，为工农兵而创作，为工农兵所利用，以人民大众易于接受和欣赏的形式，普遍写人民大众的生产战斗故事。譬如左翼作家邵子南，于1938年10月随西战团到晋察冀，主持战地社日常工作，主编《诗建设》；1943年整风运动后，他到阜平任小学教员，在反"扫荡"中与群众、民兵一起转移、战斗，还直接在五丈湾跟随李勇的游击组对日寇展开地雷战；1944年5月随团回延安，在鲁艺任教，后调陕甘宁文协搞专业创作，开始大量创作反映晋察冀边区生活的小说。他以亲身体验为基础创作的短篇小说《李勇大摆地雷阵》（后改为《地雷阵》），运用阜平农民群众的语言，以口语化方式讲述了爆炸英雄李勇的抗日故事，明显吸取了民间说唱文学的优点，特别是在白话叙述中还插入不少快板式的韵白，更适合群众的喜好，因而在当时广为流传，家喻户晓，起到了很大的宣传鼓动作用。其他作品，如《荷花淀》《太阳照在桑干河上》《漳河水》《赶车传》《王九诉苦》《孟祥英翻身》《新儿女英雄传》《白求恩大夫》《我的两家房东》《穷人乐》《李殿冰》《戎冠秀》《没有共产党就没有中国》《团结就是力量》《没有土地的人们》《白毛女》等，都是成功的文艺典范，在现代中国文学史上占据比较重要的位置。

在华北抗日根据地及解放区的文艺创作成果中，还有数以万计的文艺作品和极具研究价值的文艺史料刊发在根据地及解放区所办的报刊上。很多作者，本身就是农民、战士或基层工作者。他们把自己的经历和熟悉的人和事，通过小说、戏剧、诗歌、报告文学、歌曲、绘画、舞蹈等文艺样式记录下来，语言通俗，富有生活气息。人民既是历史的创造者，也是历史的见证者；既是历史的"剧中人"，也是历史的"剧作者"。让故事中的人物自己编词、自己表演的创作方式，很好地反映出人民的心声，并让人民群众从生动活泼的艺术作品中得到教育，这确实是一个成功的尝试。

配合党的中心工作，"把艺术交给大众"，通过文艺唤醒大众，这已成为华北文艺工作者的自觉意识。他们积极响应伟大的民族抗战对文学艺术提出的时代要求，充分兼顾到广大人民群众的接受习惯和欣赏水平，创作了大量的作品，真实地反映了燕赵儿女火热的战斗与生产生活，起到了良好的宣传教育与鼓动激励效果。刘萧无编排新闻报道剧《李殿冰》，编剧与演员一起住到李殿冰家里，以便于熟悉主人公的生活，搜集真实生动的群众语言，还模仿他们的动作，理解他们的心理，甚至还让主人公李殿冰等直接参与剧本的修改和编排。描写群众的生活，邀请群众参与创作，这是当时文艺工作者走群众路线的生动体现。该剧演出后获得当地老百姓的极大赞赏，鲁中实验剧团还专门学习该剧的创作方法，创编了三幕五场话剧《过关》。艾思奇《前方文艺运动的新范例》更是誉其开创了前方文艺的新范例。抗敌剧社的《王老三减租小唱》、冀中火线剧社的话剧《我们的母亲》，也都具有这种特色。

这些文艺作品，可能略显仓促，有的甚至急就于战火中，所以在素材提炼、人物形象塑造以及语言的使用、细节的刻画等方面还有很多不足。但是，这不是一般意义上的创作，而是燕赵大地为争取民族独立、人民解放的集体记忆和行动号角，是中国革命事业的重要组成部分。华北抗日根据地及解放区的文艺，有很多这样未经沉淀的纪实作品，不管其艺术性如何，但在发动群众、组织群众、铸就抗击日寇和国民党反动派铜墙铁壁方面，发挥了无可替代的作用。20 世纪五六十年代，河北地区涌现出大量的红色经典，便是华北抗日根据地及解放区文艺的传承和发展。

2017 年 6 月，河北省社科院文学所郑恩兵所长来京与我们协商合作研究事宜。我根据所了解的信息，建议他们结合地方特色，做好地方红色文艺文献的搜集整理与编纂出版工作。"华北抗日根据地及解放区文艺大系"就是那次商讨的成果。全书由五个部分组成：第一部分为《晋察冀日报》文艺文献全编，第二部分为晋冀鲁豫《人民日报》文艺文献全编，第三部分为《晋察冀画报》文艺文献全编，第四部分为晋察冀日报社人物志，第五部分为河北红色文艺作品选。全书收录各种文体的作品六千余种，包括小说、诗歌、文艺评论、戏剧、报告文学、散文、文艺通讯、美术、书法和音乐、文艺史料，还有文艺信息、文艺广告，基本涵盖了华北抗日根据地及解放区的文艺创作情况，具有很高的研究价值。

时值中华人民共和国成立七十五周年之际，我们有机会阅读这部皇皇五十余册的"华北抗日根据地及解放区文艺大系"，更加深切地感受到新中国的建立真是来之不易，她是无数条战线的可歌可泣的人们不懈奋斗的结果。在这样一个特殊的日子里，我们感念当年那些有名无名的作者，感谢参与整理工作的学者，当然，更要感激我们这个伟大的时代。

目 录

本报启事（一） ………………………………………………………… 1
对通俗化的意见 ………………………………………………………… 1
不应带枪贱买印刷机　冀南日报社要认真检查 ……………………… 2
检查"客里空" …………………………………………………………… 3
本报发行部启事 ………………………………………………………… 4
巴黎两万电影从业员　举行反美大示威 ……………………………… 4
华东人民的文化军 ……………………………………………………… 5
"不应带枪贱买印刷机"　冀南日报自我批评 ………………………… 7
翟士贤献田报道初步反省 ……………………………………………… 9
晋绥日报继续检查"客里空"　反对积压土地改革稿件 …………… 10
滨海几千小学教员积极为战争服务 ………………………………… 11
秋屯中损害贫雇利益　孟县一区分委会接受党报批评 …………… 12
孟县一区秋屯报道通讯员做自我检查 ……………………………… 14
北大美术工厂刻印年画　故事生动好懂 …………………………… 15
通讯往来（第三号） …………………………………………………… 15
晋冀鲁豫统一出版条例 ……………………………………………… 16
老母猪半天还乡梦 …………………………………………………… 18
太行区党委宣传部发出指示　整编队伍中建立系统宣传工作 …… 20
武安县府通知各村　春节宣传土地法 ……………………………… 21
保证完成彻底平分　边区邮总指示加强书报发行 ………………… 22
晋绥翻身农民积极给党报写稿 ……………………………………… 23
部队政治工作新武器　华中创"枪杆诗"运动 ……………………… 23

豫陕很多知识分子到解放区工作学习	25
涉县、黎城集训盲人艺人准备年关娱乐	25
全苏普及知识协会成立	27
《石家庄日报》短论号召学习冀南日报自我批评精神	28
本报启事(二)	29
中直文化部门整党结束　认真站队严整队伍	29
稿费通知	36
通讯往来(第九号)	37
通讯往来(第十号)	37
中央局宣传部通知	38
工作通讯	39
通讯往来(第十一号)	39
运用党报改进工作	40
《皖西日报》创刊	41
联共中央公布关于苏联音乐艺术决定	41
郭沫若茅盾到香港　痛斥美帝扶持日本侵华	43
通讯往来(第十二号)	44
决心在群众中改造	44
新大众报社、邮政总局联合通知	46
更正号数	47
晋察冀领导机关通告保护文物古迹	47
不应派米唱旧戏	48
写新闻要讲实际	49
联共中央的音乐决定全苏联人民热烈拥护	50
晋察冀成立出版局	52
晋绥收集古物　内有汉代铜鸟	52

中共东北中央局关于知识分子的决定 ……………………………… 52

蒋匪苛杂捐税繁多　北平剧人叫苦连天 …………………………… 54

武安加强党报发行　开展农村订户 ………………………………… 55

七里店滥用果实搞剧团　一年浪费七十多万 ……………………… 56

本报启事(三) …………………………………………………………… 57

武安七区公所应关心党报发行 ……………………………………… 57

东京各外国记者反对美军当局统制新闻 …………………………… 58

磁县六区检查北贾壁剧团　错处都改正过来 ……………………… 58

统一部队出版发行　军区政治部特作补充决定 …………………… 59

《新大众》报听看都能懂　已经发到三万五千份 …………………… 60

苏俄预算超过战前一倍　大量增加社会文化费 …………………… 62

北平无报　全市报业工人罢工 ……………………………………… 62

苏联名作家爱伦堡著文纪念巴黎公社 ……………………………… 63

本报为颁发新闻奖金征集土改工作典型报道通知 ………………… 63

武安八区想办法　叫各村能按期看报 ……………………………… 64

意大利罢工又起　全国没有报纸看 ………………………………… 65

苏联各地热烈纪念高尔基八十岁诞辰 ……………………………… 66

太行区成立文物管委会 ……………………………………………… 67

故史迪威将军的战时日记揭露蒋匪帮祸国殃民 …………………… 67

战后苏联文学获卓越成就 …………………………………………… 69

《新洛阳报》创刊 ……………………………………………………… 70

通讯往来(第二十六号) ……………………………………………… 70

春耕期间不该到处唱戏 ……………………………………………… 71

鸣谢启事 ……………………………………………………………… 72

陕甘宁文艺工作者大批赶赴前线工作 ……………………………… 73

本报及新华总分社学习政策检查工作 ……………………………… 74

洛阳文教动态	74
征求纪念杜斌丞先生文物启事	75
豫皖苏解放区新闻事业发展	75
潍坊成立特别市 《新潍坊报》于五一创刊	76
苏联庆祝出版节 全国现有报纸七千家	76
本报启事（四）	77
本报印刷厂总结一年工作	78
本报发行工作日益加强	80
《新大众》报四个月	82
苏联新闻工作者集会欢庆出版节	86
发展城市通讯员	87
学校的贫雇小组要坚决取消	88
把挤回家的知识分子动员出来吧	89
武安教员组织通讯小组	91
东北文化	91
鄂豫皖野战分社副社长谢文耀同志光荣牺牲	92
常平村想办法推动下种 建立广播台黑板报	93
纽约市民示威游行抗议反苏影片上演	94
名作家欧阳山长篇创作——《高乾大》现已出版	94
临漳成弯集唱戏为何乱向小商贩捐钱？	95
东北新华广播电台五月廿八日起正式播音	95
城市建设零讯	96
潍坊文教工作迅速发展 毛主席著作畅销	96
攻克临汾战役中的战壕小传单	97
坚决肃清"客里空"作风	100
华东前线记者高岩同志殉职	102

沪苏商《时代日报》被蒋匪勒令停刊 …………………………………… 102
附录:出版物广告 …………………………………………………… 103

本 报 启 事（一）①

新年本报循例放假三天，二、三、四日无报，五日照常出版，此启。

（1948年1月1日）

对通俗化的意见

编辑同志：

你们说要马上向群众读报，这样提是否正确？马上读，就缺乏研究时间，应是研究一下，再有计划地组织读报。向群众读，就没有先后对象，应是先向贫雇读，再作一般宣传；读时要与当地实际联系，当地实际没有的情况，可以不读；要用通俗恰当的语言，比如一口人的贫雇可以分二口人的地，这里群众叫顶双份，这些是从读中体验得来。

我最近起草法令，总用通俗大众语，但仍不能使人人同意，似乎法令一定应是文言。我以为雇贫当家，不单是改换几个领导骨干的问题，是一整套的各方面的改革，对于文字，也在改革之内，不管是布告、法令、报纸、电讯都要改为通俗大众语。过去的意见，一是说通俗大众语啰唆，不能简洁，不知真的洗练的大众语，是简练的；知识分子的白话文，才是啰唆的。一是说干部读物可以是文言，或者应该是文言（特别是法令），不知能懂文言的干部，只是地富出身，进过多年学校的；我这次下乡，见区县干部，很多都是农民出身，我们的文字，应该适应他们。还有一说，认为通俗大众语，写文章可用，赵

---

① 本文原题为《本报启事》，因书中与其他标题同名，故改为《本报启事（一）》。

树理写小说可用，而法令电讯，就不可用。这真是"五四"以来多年的旧说，为文言文保存地盘，现在土地改革，雇贫当家，这一说也随之而倒，所以我今天看到你们的语体电讯，真是高兴极了。

周方

（1948年1月5日）

不应带枪贱买印刷机　　冀南日报社要认真检查

【本报讯】去年十二月二十二日石家庄市出版的《新石门日报》以《保护工商业》为题，登了一条消息，大略说："本市中兴文具店代理掌柜常辅仁过去听了蒋匪胡说，石家庄解放后，他害怕生意不好干，便要把自己的印刷机器（八页铅印机等）和材料卖掉。恰巧有冀南日报的采办员去买，说定价钱四千二百万元（实价须六千万元），立了合同，先付三十万元边币定钱，因戒严关系，机器没有运出。后来给物资管理委员会查出来，问他为什么这样贱卖掉，他说：'一则当时想卖，一则人家穿军衣带枪的连来两次，不卖怕不行。买卖是一言为定，况且已和人家立了合同，还有什么说的？'管委会为了保护城市工商业不受损害，便叫他不用管合同不合同，把钱退还冀南日报，机器别卖了。"晋冀鲁豫中央局宣传部看到这条消息，立即通知各区宣传机关，根据这条消息认真去检查有没有同样到新解放城市抓一把，光顾自己，不顾群众，损害人民，损害工商业利益的事；并打电报给冀南区党委，让冀南日报就这件事作严格检查，公开在报上发表。

（1948年1月6日）

检查"客里空"

编者同志：

上月二十九日第二版载《长治总结一年生产经验》的消息，内有关于长治新华纸厂"改造工具，省工四千五百个，增产一倍……"等一段。据熟悉该厂情况的同志谈：这段消息不符合事实。该厂以前碾原料用牲口拉，六月间改用电力，在速度上是增加了，一盘电碾（打料机用的电亦算在内）可顶十二头牲口的生产量，但所用的电费，却等于二十四头牲口的消耗。就是说：改造了工具后（由畜力改电力）在碾原料的动力上，较用牲口的费用贵了一倍，大大地影响纸的成本。因之，该厂近又计划不用电力仍用畜力了。这是"改造工具"的真实情况。所谓"省工四千五百个"一事，不知根据何在？所谓"增产一倍"的问题，据了解，该厂去年规模小，有四个池子，今年扩充为十个。池子增加了，工人也增加了，当然产量也要增加，但这只能说是工厂扩大了，不能说是增产。该厂在产量上，与一般纸厂比起来，是相当低的。例如漳源纸厂每个工人每天的标准产量，是双印纸六区，实际上能出七区。一大纸厂、人民纸厂的标准量均为五区，实际产量均超出此数。但该厂的标准产量只有四区至四区半，比人家低得多，在质量上说，亦远落后于人家。而该厂工人的工资，却比任何纸厂的工资都高。

读者 正言 傅宏

此稿是太行分社来稿，请作检查。

——编者

（1948年1月8日）

本报发行部启事

本报奉中央局宣传部指示规定党报发行：凡本区各区党委应订五份、地委三份、县委二份、区分委一份（多订亦可）。本报从去年十二月二十八日起，业已发出赠阅报，不知是否收到？如不够者请速来信即补去，如有长余请退来，从二月份起执行预订，并请各县邮局来信说明订阅份数，是盼。

（1948年1月9日）

巴黎两万电影从业员　举行反美大示威

【新华社陕北九日电】巴黎讯：此间五日发生两万电影从业员的大示威，抗议法美反动派绞杀法国电影工业的罪行。由于勃鲁姆、贝纳斯协定的结果，美国影片大量侵入法国，使在法国工业中占第二位的电影工业，陷入悲惨境地，约有两万工人与专家面临失业危险。此种情势引起法国广大社会人士的极大愤慨。当电影从业员的示威行列，通过巴黎街头时，巴黎的学生纷纷群集人行道上，向示威者致敬。示威者手执"法国电影界要活命！""钱正用在美片上，而我们却无钱吃饭！"等抗议标语。《人道报》刊载参加示威的著名女演员素龙的声明称："美国大亨想毁灭我们全部文化，他们想扼杀我们的电影工业。而勃鲁姆、贝纳斯协定出卖了我们的电影工业。我们的政府拒绝重新考虑这一协定，这多么丢脸！我们向一切政党提出警告，但是只有共产党是在为我们的电影工业而斗争。我们感谢法共。"虽然示威是和平性质的，但社会党内政部长摩许仍下令警察武装镇压，结果游行者伤数人,九十人被捕。

(1948年1月12日)

华东人民的文化军

华东各地文化工作为爱国自卫战争及农民翻身运动服务,一年来贡献极大。

在前线各纵队都设有新华支社,成百以上的人民记者深入连队,平时与战士同甘苦,战时则入战壕,甚至并肩作战,先后有模范记者宋大可、钱毅(作家阿英长子)等十人英勇牺牲,王传贯等四人光荣负伤。部队报纸在频繁战斗中坚持出报,华东解放军政治部《华东前线报》的铅印厂,长时期在卡车上跟部队辗转战地。各纵队、团都有油印报纸,成为鼓舞士气的有力武器。无数文艺工作者包括文工团、剧团、电影队、小学教师等,身临前线为战士服务。他们配合部队的宣教工作者,平时开展连队的文娱工作,战时即帮助挖工事救伤员。单胶东一地就有七十余文艺工作者奔赴战地,胶东军区政治部电影队赴火线出演《一只白帆船》等片。华东野战军政治部电影队则长期随军活动,演出了苏联名片《柏林之战》及自己摄制之《淮北轻骑队》等影片多种。随军新华书店翻印之苏联名著《恐惧与无畏》《日日夜夜》的通俗本及《兵士兼统帅》《我们的六连》等书均为广大指战员所争购,并成为教育部队的最好读物。胶东新华书店在八至十一月举办书刊劳军,购赠前线书刊四万余册及现款二二四万余元。滨海新华书店组织了战地文化服务队,巡回推销。

在后方,新华分支社遍及各军区、军分区。华中新华分社即拥有七个支社,干部六百余人,通讯员两万五千余人,每日来稿最多时达三千余篇。盐阜《大众日报》培养了工农记者，使报道上获显著成绩。报纸则有华东《大众日报》、胶东《大众报》《渤海日报》《鲁中大众》《鲁南时报》《滨海农村》《淮海报》《黄海日报》《苏北日报》《江海报》《拂晓报》及各分区部队报、通俗化大众报、画报等三十四种。在渤海更有为回胞服务的《伊斯兰报》，从烟台、威海卫两地暂时转移之《烟台日报》《新威日报》，仍在战争中坚持出版，均以最大篇幅登载人民武装活动消息。华中方面，由于适应新形势的发展，过去著名的《新华日报》华中版已于今年元旦复刊。

新华书店分支店及代销处遍布各县市及较大集镇。一年来山东新华书店总店编印各种书籍达三百多种，其中为工农喜爱的生产小丛书、大众文库各三三种，并为翻身农民及其教师专门出版了《文化翻身》半月刊。胶东新华书店出版书籍、课本共达一八〇万册。其他在战争中坚持和诞生的大型杂志有《山东文化》《新华文摘》《胶东文艺》《江海杂志》等多种，其中仅《胶东文艺》每期即销售万余册。胶东新华书店印行之《新党员读本》销售达十三万册。

在战争与紧张的支前复查与生产中，胶东每村正式小学仍照常开学，入学儿童达六十万。半工半读性的学习组织普及各地，有早班、午班、晚班等，以小先生制教育贫苦失学儿童。许多小学教师参加担架运输队进行文娱活动，许多涌入游击队与民兵并肩作战，莒县、竹庭、郯城三县即有二百余教师参加游击队对敌展开政治攻势，写标语、印发宣传品等。中学教育，仅胶东即有中等以上学校二十六所，学生六千余名；不甘蒋匪统治之烟台、威海卫、龙口等地之中学亦暂迁市外继续上课。华中二分区设立了工农学校，以提高乡村雇贫农成分及党员干部之政治文化水平，作改造和加强区乡政权之准备。盐阜区则确定"教育为翻身群众服务，学校为翻身群众所有"的新方针，使学校为民办、民管、民学。叶挺县泽夫中学土改前雇贫学生仅占百分之十，现已激增到百分之六十。滨海等地训练了大批新的冬学教师及村文书、会计，为土改后的村政权服务。

群众文化活动方面：淮海九个县相继成立了工农文协，一年来群众自己创作完整的剧本四十多种，鼓词十多种。苏中兴化翻身农民所组织之剧团达四十七个，其中十七个剧团就创作了剧本小调一八五种，演出三二五次，拥有观众十五万三千人。

战时文化工作更有不少创造，胶东各县几乎村村都有"广播台"（村子中央搭一高台）成为传播胜利消息及教育群众的新工具。溱潼"流动书店"在游击环境中建立了六十多个书报代销处，出售各种书报五万八千多份，拥有读者二十余万人。凡有群众集会处就背起书包赶去。在边沿区则采用挑担子方式，情况一来挑担子转移，情况一过又照常交易。在极残酷的"清剿"中，流动书店仍穿梭往来，夜晚交易，白天转移，梓辛、矛山等区翻身农民每户都有一本《工农读本》或《大家唱》之类的读物。宝应中学的"流动宣传队"由三个人三条枪组成，他们背着胡琴，提着石灰桶，遇敌就打，敌走就唱、就写。泰县曹德进创造"文化背包"，他经常背着五色纸及油印器具跟随部队行动，在最艰苦的"血洗清剿"中坚持在田野里写宣传品。

（1948 年 1 月 13 日）

"不应带枪贱买印刷机"　　冀南日报自我批评

【冀南消息】冀南日报对于在石家庄贱买印刷机的事情，作了公开检讨。检讨首先叙述了贱买印刷机的经过情形（与本月六日本报所载完全相符），接着说晋冀鲁豫中央局宣传部认为这件事是到新解放城市抓一把，损害人民，损害工商业利益，立即打电报给区党委，让我们就这件事作严格检查。经过我们检讨，确如中央局宣传部所指，是到新解放城市里抓一把，光顾自己，损害人民，损害工商业利益。当石门解放后，我们就派了三个采购员去买铅字，想乘机捡"便宜"，没认识这种"便宜"是新解放的商人过去受了敌人的欺骗宣传，对我们不了解的情况下产生的。捡他们的"便宜"就是损害人民利益。去时打算只买铅字，因为不单卖，就连机器等一同买了。没认识这样做就违背了我党保护民族工商业和繁荣城市的方针。我们的出发点是单纯的"小本位利益"，这种出发点的思想根源一方面是游击战争时期，把大城市当作殖民地，乱抓一把的错误思想残余；再一方面是一贯地把机关利益与群众利益相对立，只为机关，不顾群众，叫群众服从机关，向人民整体利益与党的政策闹独立性。这些也是一种剥削思想及宗派思想在我们具体工作上的反映。另外在我们采购员同志的思想及态度上，也是挟持着所谓"公家"的威风，不管别人真愿卖假愿卖，只要拿到自己手里就痛快。又由于穿着军装，带着枪，连着两次去买，这样就更增加了常掌柜的恐慌和怀疑，助长了他贱价卖出的想法。我们完全接受《新石门日报》及中央局宣传部对我们的教育和批评，特在报上公开发表我们的错误，完全同意物资管理委员会的办法，并在报社内教育全体同志，不再发生类似的错误。

（1948 年 1 月 14 日）

翟士贤献田报道初步反省

安岗　李庄

《翟士贤献田真相》，张一英同志已经揭发过了（见去年十月四日本报）。这里所以要再说的，乃因该消息原由我们推动史洪同志商同王庭栋同志写成，更重要的是底稿中他们对的地方被我们删掉了，这完全由我们负责。

事实的原委是这样，我们看到华中献田的消息，想道：我们就不能创造这种新东西，能及时配合也不错。于是就设法寻觅这类新闻的线索。这种想法的出发点是抢先，首先考虑的不是站在农民立场上，怎样服务于农民的正义斗争，而是根据资产阶级新闻观点，考虑怎样写一篇"漂亮新闻"，以表现自己的工作成绩。又由于没有坚决站在农民的立场，不自觉地扭到了地主方面。立场错了，下面跟着产生了一连串的错误。

当时史洪同志是太行《新华日报》记者，工作上临时受总分社指导，正在伯延采访。我们得到伯延农民正清算翟士贤的线索，便建议史洪同志和武安县书王庭栋同志商量，可否用献田的方法解决翟的问题，如此就可产生一篇新闻了。由史洪同志写成、王庭栋同志看了的底稿中本来有翟士贤如何与群众对抗，进而"思想自觉"，拿出东西的过程，我们考虑有了这个先坏后好的过程，反倒不合于"表扬"的精神，宣传教育意义不会更大，新闻会显得不够完美，于是把这个过程删掉了。这样就把翟士贤这个坚决反对农民的地主分子，写成了"优秀的共产党员"。

这种不负责任、歪曲事实的"客里空"作风，是从我们自己的地主、资产阶级思想产生的。我们在相当长的时期中，没有着力地正面鼓吹农民的正义行动，却幻想用"献田"的方法解决地主出身的干部党员的家庭问题，幻想某些地主能够"自动开明"。我们想用"和平解决"代替斗争清算，结果大大地便利了地主的抵抗和钻空子。我们自己出身于剥削阶级，对地主没有真正的仇恨，相反地在斗争深入以后倒有某种程度的怜悯情绪；对农民没有真正的热爱和感情，甚至怀疑他们对地主出身的党员干部的行动是否有些"过火"。被这种思想和情绪支持着，于是在新闻中表扬了地主，打击了农民。

新闻中表现了某些地主阶级观点，如翟士贤在给武安县委的信中说："我愿将'自己的'田产房屋，献给勤劳的农民。"翟是伯延大地主，其财产全系剥削农民血汗而来，绝不是什么他"自己的"田产。所谓"献给勤劳的农民"，意思是把"自己的"东西给了人家，于是农民的斗争就成了不合理。我们自己实际上也有这种错误意识，所以把这种字句也给保留下来，帮助他侮辱了农民。

这次整顿党的新闻队伍中，使我们开始认识了"客里空"作风与地主思想的联系，他给人民事业的危害是极端严重的。我们将继续反省，并在工作中逐步纠正，勉作农民一个长工。

（1948年1月15日）

晋绥日报继续检查"客里空"反对积压土地改革稿件

【新华社晋绥电】此间晋绥日报、新华总分社反"客里空"运动，最近由于发现重要土地改革通讯《贫农单身汉张红奴服毒得救》一稿被积压之问题而继续推进。该稿系报道保德化树塔村土地改革中，地主富农造谣挑拨，污蔑贫农张红奴不好好过光景，村干部于分救灾粮时，未调查研究，遂不分给张红奴，中农又随声附和批评，致张气愤服毒，幸为群众发觉，始免于死。原稿自八月中旬寄到总分社通讯科转交报社副刊部后，即被积压至今。九月间作者曾亲自到报社探讯，但通讯科向副刊部索稿未获，竟以"没有收到"予以哄骗。后因其他同志亦对压稿问题提出批评，该稿始被发掘出来。为此《晋绥日报》特以《再深入开展反"客里空"运动》为题发表评论，着重指出："特别是九月正是我们着重检讨领导和内勤的时期，然而这件事竟被漏过，这说明我们对'客里空'的检查是何等的不深入，这充分暴露了我们工作中的立场与作风，存在的问题是何等严重。"评论最后指出：九月十八日以后，报社、总分社的反"客里空"运动，自然而然地和"查阶级、查立场、查思想"融合起来了。还在这一运动刚刚开始深入中，已经证明只有这样才能更好地发现问题，才能从不自觉到自觉，从少数人的自觉到大多数人的自觉。如果没有大多数人的自觉，反"客里空"是反不能彻底的。副刊编辑胡正为文检讨该稿被压称："自己不是以贫雇农的立场，十分重视关于土改的每一稿件，没有把贫雇农所遭遇到的一切就像自己所遭遇的一样，不是把党报当作贫雇农的喉舌，为贫雇农说话撑腰。"通讯科陈蝉鸣亦为文检讨说："这是害怕自我批评，害怕对作者公开地承认错误，缺乏勇气，因此不惜用欺骗手段来掩盖错误，忘记了一个党报工作者对作者应负的责任。"

（1948年1月15日）

滨海几千小学教员积极为战争服务

在民兵武工队里读报宣传

【新华社华东十二日电】滨海区数千小学教师一年来积极为战

争服务。日照等五县有二二九名小学教师参加民工队工作。莒县、竹庭（原赣榆）两县有九十二名参加武工队。郯城有百余名参加地武，与民兵并肩作战和进行读报、文娱等活动。各县教师在随军担架队中，采取"做什么演什么，走到哪里演到哪里"等方式，组织行军晚会及读报、大鼓、小调等活动，大大鼓舞了民工们的情绪。莒县南小学校长王康清担任民工司务长，于行军百里后，仍筹备给养，在风雨中和民工一起挑担子。在后方的教师，则开展对敌政治攻势。莒南县许口、汀水两区组织武装宣传队，白天分组宣传慰问群众，夜间配合武工队挺进边沿区写标语、贴传单、分头召开群众会议。沿台（儿庄）潍（县）公路两侧群众均熟知教师张九卿，流传着"老张老张，提着小罐扛着大枪，到处写标语，到处把道理讲"。日照夹仓乡教师深入蒋匪据点石臼所近郊，慰问当地受蒋灾的群众，一夜间争取二名蒋军来归。

（1948年1月15日）

秋屯中损害贫雇利益
孟县一区分委会接受党报批评

【太岳消息】孟县一区分委会看了太岳《新华日报》对他区秋屯工作和领导上的批评，很快地开会检查，承认秋屯中损害了雇贫，并做了自我批评寄到报社。他们检讨说：我们分委会看到报纸后，马上就通知各基点进行检查。又在县里召集的基点小组长联席会上作了郑重的检查，最后还在区村干部、雇贫积极分子会议上作了自我批评。检讨出以下几点：（一）在去年十一月三日的干部积极分子会议上，讨论怎么完成秋屯工作时，有些村干部提出："我起带头，暂借出粮食来，以后长退短补。"当时我们归纳这些办法时说："干部带头暂借的办法可以用。"这个办法是由中农成分的村干部提出，我们没有考虑到雇贫农干部、积极分子的困难，因而为难了他们（雇贫）。因为这虽是暂借，但他们（雇贫）自己还不够吃，哪里能借得起呢？（二）在秋屯总结会议上，表扬了北开仪村为秋屯模范，还赠送给一面奖旗。当时提出奖励标准有三：迅速、办法公平合理、能克服困难。根据这三个标准，北开仪村两天完成秋屯工作，在全区说来完成得最快。办法也公平，还能用花生去换小米，解决无米户的困难。今天检查起来，这个村的村长是个坏分子，过去我们虽然对他怀疑，但没有找到确实的证据。在秋屯后的雇贫座谈会上，才检查出来他们秋屯的毛病很多，如富人可以随便下分数，穷人则不行。但有许多是贫农领导，监督其他阶层完成公粮任务的，仅因完成任务较迟，而没有得到奖励。如东韩村、唐村、太子、梧桐等村贫农根本没出负担，许多村都是经过翻身会、一心会、合心会、农会讨论评议后派的。这些贫农掌握领导的村子，我们不给奖励，不给报道，相反的奖励了坏人领导、毛病百出的村子，把贫农出力、出粮、出钱等损害雇贫利益的事实，反认成对的，还写了表扬稿子。这除了说明我们的阶级观点模糊外，还能说明什么呢？（三）在布置工作时，领导上的意图是很快完成公粮数字，以后再详细评议，求得公平合理，免得贫农吃亏。因短短数天内派出分数和粮数，难免有不公的地方。结果在要东西期间，领导上抓得很紧，而在详细评议期间，则抓得很松，检查也很差。这说明了我们的单纯任务观点和对雇贫阶级不够负责。（四）上段渠赤贫阶层有二十来户，身担了五百余斤，数目虽说不大，但这些赤贫底子太薄，今年才收了一季秋，应当是不负担才对。当时领导上对于他们的热情与好意没有谢绝，这说明我们对雇贫困难的体贴是很不够的。（五）当我们看到党报的批评时，曾有一些计较个人得失的错误想法，但后来发觉这不是真正的雇贫观点，因为我们计较与重视的不是雇贫阶级利益，而是个人的得失。因此真正雇贫观点的表现，应当是严格的自我批评精神，严肃的对雇贫阶级负责的精神。认识了这一点以后，我区领导干部才对秋屯工作作了认真的检查，认为阶级观点不明确的基本根源，在于我们领导干部的成分和出身绝大多数不是雇贫成分。我们不能在每一件工作和言行中体会雇贫阶层的困难，时刻照顾他们的利益。党报对我们这个严厉的批评，大大警惕了我们，并要求每个干部今后在工作中要站稳脚跟。但由于认识上的限制，我们不能说这个检讨已很深刻。

（1948年1月16日）

孟县一区秋屯报道通讯员做自我检查

【太岳消息】表扬孟县一区秋屯中"雇贫带头"的通讯员王守智同志在去年十二月三十日，对他的投机思想和"客里空"作风作了自我批评。他说：五号报上登出孟县一区领导干部缺乏阶级观点，秋屯中伤害了雇贫农。当时我看了这个稿子，心里很不高兴，态度也不冷静。后来经过检讨，我才认识到自己在写稿当中有这样几个缺点：（一）当时出发点是为了赶时间，如我提的"雇贫带头"，一区领导并没有提这回事，他们提的是"干部带头"。（二）不做深入的调查，我报道的事实光是听了几个同志和村干部的汇报，就当成可贵材料，写成新闻，结果脱离了实际。有些事情只是皮毛的了解，写得不完全，如西镇汤芄锁等三户交公粮，只是说了，没有出，但自己报道时歪曲了事实。（三）看问题缺乏阶级观点，如南镇张兰英交公粮十斤，妇女们推碾公粮，这本是领导上强迫贫农拿公粮，我没有想想他们出了公粮怎么生活，就笼统表扬。这是认识问题，缺乏阶级观点，不能从雇贫切身利益出发。我是这样地检讨了，还很不深刻，希望大家多提意见，以便今后写作上有更大的进步，同时也只有这样才能进步。

（1948年1月16日）

北大美术工厂刻印年画　故事生动好懂

【本报消息】最近北方大学美术工厂正刻印三种年画：一是大幅毛主席肖像，一是《参军图》，一是《白毛女》四扇屏连环画，都是精心细刻，四色套版，无论线条和配色，都很适合民间形式。特别《白毛女》连环画，故事生动，又刻得明显易懂，群众刚看了样子，就争着要买。现在他们正在赶着出版，不久即将大量出售。据说，原先他们曾刻印了《送饭图》《新门神》等几种年画，经中央局宣传部指出其缺点后，他们当即召集美术组同志举行检讨，毅然决然停印了那几种有缺点的，又经悉心研讨之后才刻出新的来。他们这种勇于改正错误，宁肯牺牲自己精力物力，不愿政治上犯错误的精神值得表扬。希望他们根据本区土地改革中的故事，和《中国土地法大纲》的内容，创制更多的作品为群众服务。

（1948年1月17日）

通讯往来（第三号）

最近各分社及通讯员努力揭发了各种工作上的错误及各种违犯人

民利益的现象，是很好的，但是应当引起大家及时注意：我们批评及揭发各种错误，并不等于助长片面性和夸大，过去提倡表扬了，各地来的消息便一切都是好的；现在呢？又是一切都是坏的了，我们认为这仍然不是实事求是的作风，这样做，又会发展"客里空"作风。我们要求各分社及通讯员认真从实际出发，对是对，非是非，老老实实，不吹不偏不装，发扬对人民负责、实事求是的精神，揭发错误，纠正错误，发扬成绩和优点。一切错误的东西，我们都要站在阶级立场上勇于批判；另一方面，一切于人民有利的好成绩，为人民服务好的作风和表率，我们同样要加以表扬。我们报道一件工作，同样也要站在雇贫利益的立场上衡量其优缺点，以便更好地改造干部、改进工作。

（1948 年 1 月 20 日）

晋冀鲁豫统一出版条例

中央局宣传部一月十二日公布

【本报消息】为统一全区出版事业，严整思想阵营，晋冀鲁豫中央局宣传部，于一月十二日公布统一出版条例，原文如下：

一、为了进一步提高晋冀鲁豫出版物（书籍期刊）的毛泽东思想水平，有计划地供给晋冀鲁豫劳动人民（产业工人、贫农、雇农、中农、乡村工人）以提高阶级意识的读物，发展与提高人民大众的文化建设工作，严整思想阵营，晋冀鲁豫中央局宣传部决定施行并颁布统一出版条例。

二、中央局设出版局，各区党委设出版委员会。出版局（委员会）之主要工作，在于培育与奖励宣传毛泽东思想与提高劳动人民阶级觉悟的著作与读物，并克服目前出版工作中的投降主义、自由主义、单纯营业观点等。

三、中央局出版局，负责指导与审查所属出版机关及各区党委之出版计划、书籍、地图、图像、图画与刊物等。各区党委出版委员会，负责指导审查所属出版机关出版之书籍、地图、图像、图画与刊物等。

四、各区党委责成该所属出版委员会每三个月应制订三个月之出版方针与计划，先由区党委审阅后，再送中央局出版局审核、批准。其所出版之书籍、刊物、图画等，于出版后，仍应送中央局出版局审查。

五、中央局出版工作与各区党委出版工作之分工及其职权之规定：

甲、中央局出版机关以出版干部读物为主，群众之通俗读物为辅；各区党委出版机关以出版群众之通俗读物为主，干部读物为辅。

乙、凡有关理论及政策解释之各种著述，须先将原稿送中央局出版局审查，批准后方能出版。

丙、凡文艺书籍、马恩列斯毛已公开发行之著述，或汇辑报纸公开发表之文章、本地之工作经验、自然科学知识及生产技术等，各区党委可以审查批准其翻印出版，并须将书名篇目报告中央局出版局审核。

丁、各地举办定期刊物，须先将刊物之性质、宗旨、内容分类、主编人员，详报中央局出版局审核，批准后举办。刊物之文章内容，各区党委应审查、批准后出版。

戊、凡资本主义国家（英美等）与蒋占区之图书，及未经中央局出版局批准之所有图书，均不准翻印出版或公开发卖。

六、未经审查批准之书刊与地图等，一律禁止出版。

七、除出版局（委员会）直辖（或批准）之出版机关外，各级机关、各生产机关、各合作社等，一律不准以出版事业作为生产营利事业。

八、各区党委应管理公私书店，规定私人书店登记制度，取缔宣传资本主义之腐朽制度及文化，偷贩法西斯主义、蒋介石思想、毒害人民大众意识之读物，淫荡读物及一切有害之书籍图书等。

（1948年1月21日）

老母猪半天还乡梦

这是苏中如皋县一个富有戏剧性的暴露封建面目的纪事，已编为剧本，为农村剧团轮回在全县各地演出，有"戏中戏"之称。它深刻地教育了观众认识封建势力的复辟阴谋是如何的狠毒险恶，应该如何提高警惕，来对付封建僵尸和游魂。

老母猪（绰号）原名吴启康，是该县东横家埭一个封建大恶霸。由于他只有一条线样的独眼，人们又称他"蛇眼三爷"。复查中，他一心想投靠到亲戚蒋匪自卫中队长王学山那里去进行还乡复辟。

十月廿九日，他跑了一夜，天刚亮，摸到靠如（皋）新（生港）公路的老虎庄，碰到看夜的民兵，他问："这是什么地方？"当听到回答"是老虎庄"时，他丧气地自语："不好，摸了一夜，又摸到新四军窝里来了！"民兵们机警地走近去安慰他："老爷，不碍事，我们是清乡队。"一面指着一个穿黄袄子的说："他就是我们的乡队附。"老母猪犹豫了一会儿，就相信了。往地下一坐就骂了起来："土匪多坏呀，我家的东西都被分光了，我正想上学山那里去，你们要帮我报仇呀！"民兵们一听断定是反动地主想投敌，并进而请教他的姓名和住址，客气地招待他吃饭，同时告诉他王队长（指王学山）今天出发向西清乡去了。这时另一个民兵忙跑到东横家埭，将全部情形告诉了指导员和王村长,东横家埭便立即被化装成一个蒋匪的"清剿营部"全庄戒严。

不一会儿,四个扮装乡队员的青年,气喘喘地跑去向老母猪报告:"老爷!王队长卢区队附今天扫荡东横家埭九龙口,匪军的乡指导员、村长、老百姓一个也没有跑掉。王队长特叫我们来接你老人家回去当保长。"老母猪听罢,旱烟杆一夹,就三步作两步地跟着来人向家奔,一面跑来一面骂:"入妈妈的,我得了势,看是谁斗争谁呀!"一进庄,看见村长门口摆满了东西,他手一横说:"哪个少掉了我一点东西,看他怎么过关!"再跑跑看见他的猪子从草里钻出来时,他咬牙切齿地说:"谁动了我一根猪毛,我要他偿命!"走进"营部",一个高个子起身笑脸相迎:"老王来了,你可认识我!"老母猪说:"先生我不认识。"假清乡队员马上介绍说:"卢区队附,那是缪乡长。"二人便命令说:"既然老王来了,把犯人带上来审吧!"这时消息传遍了全庄,二百余群众兴奋地集合起来"看排戏去",他们都一声不响地互相丢着眼色站在门外。

第一个被带上的是村长和指导员。为使门外群众听得更清楚一些卢区队附对老母猪说:"我的耳朵被炮声震聋了,你说话要高点才听得见。"老母猪连连称是,他一见被绑的指导员,就狠声地说:"他就是指导员,他斗人顶凶,他还有支盒子枪(其实是没有)。"卢区队附吩咐士兵把他(指指导员)关到房内去,给他一顿毒打!老母猪很得意:"你今朝认得我啦,你会分田分东西啦!"当在房内正假装打两个女同志时,老母猪听出响声不对,他在外面发问:"这不是打在肉上的声音呀!"卢区队附故作怒容,把执刑的士兵骂了几句,里面真的打了几下。老母猪一听点点头说:"这倒不错!"便深信不疑了。

卢区队附再问庄上还有哪些坏人，老母猪抢着说："多咪多咪，民兵妇女还有马四奶奶顶坏。"立即将马四奶奶抓来跪下，老母猪使着侮辱而自鸣得意的神气说："你分了我两件衣裳还穿在身上扭呀扭的屁股不在路上。今朝你可领着妇女向我要洋钱啦！"当卢区队附问怎样处置这些"狠人"时，老母猪杀气腾腾地说："指导员、马四奶奶两个要刀杀，乡长、村长饶他得个全尸活窖；其余十几个民兵，把点苦给他们吃了再枪毙！"门外的群众听了，个个舌头直伸。

谈到村里治安问题，卢区队附叫老母猪当保长，他说："我年纪太大了，又不识字，不如叫我大儿子做副保长，叫我侄儿做正保长。"卢区队附表示尊重他的意见。于是他又转过来拍卢的马屁，他说："你们国军都辛苦了，我们也要收点捐、弄几只肥猪来慰劳你们。"

老母猪得了势立即召开村民大会准备正式开刀并慰劳"国军"。此时卢区队附骤然卸了伪装对老母猪说："你再仔细看看，我是谁？我不是蒋匪的什么卢区队附，我是民主区政府里派来的……"这一惊非同小可，把老母猪吓得眼睛直瞪，民兵一拥而上将他绑起，马四奶奶指着他骂道："你好毒呀，你当了半天假还乡团，就这样威风，要是你真的投靠了蒋匪，全庄的人你还不都想灭掉？"愤怒的人群里响起一阵打声，有的则大声说："田鸡要命蛇要跑，留下他还有我们！"

（1948年1月21日）

太行区党委宣传部发出指示
整编队伍中建立系统宣传工作

【本报消息】太行区党委宣传部顷指示各地委宣传部，切实贯彻中央局宣联会精神，在整编队伍中，把自己的工作系统地建立起来，确定汇报制度。在整编会议时，注意会议开初干部一般思想情况；经过反省所发现的各种成分干部的思想类型，与他们的错误事实；会议的思想领导，特别是组织开展党内正确思想斗争的经验和存在的缺点；典型思想材料；经过学习后一般思想上的收获。根据中央局宣传部决定，全区彻底平分土地大体完成后，即准备召开一次党内教育工作研究会，专门总结在平分土地期间党员干部的思想情况，和从思想上建党的初步经验，特别是要总结支部教育工作（包括整编期间与整编后），以便能在会上订出下半年党内教育计划。在平分土地运动中，各级党的宣传部，必须迅速在贫农团内建立文化委员兼党报通讯员的制度，培养成千的真正工农通讯员，建立新的通讯网，代替旧的通讯组织，作为党报真正地方化的下层基础。并准备与召开党内教育会议的同时，召开一次党内工农通讯员会议，初步总结发展建立工农通讯网，组织他们写稿、读报的经验。同时应注意收集土地法大纲公布后，村里各阶层各方面的反映。

（1948年1月22日）

武安县府通知各村　春节宣传土地法

文珊

【武安消息】为了配合即将到来的平分土地大复查运动，武安县政府于本月十三日通知全县初小教员，为今年旧历年关娱乐作准备。通知中指出，今年的宣传内容，应以土地法大纲为主，使乡村一切农民都知道了平分土地的纲领。其次应从积极方面，宣传我军的胜利和今天的反攻形势。在宣传的形式上，号召全县初小教员，根据指定的宣传内容，结合村上的具体情况，大量编写创作快板、秧歌、小剧。并号召全县剧团，或不出门的农村剧团，在旧历年关演剧时，一律演新戏。通知中强调指出：今年年关娱乐，不管在形式上和内容上都应使群众愿意看愿意听。宣传材料也应到群众中间去搜集，并须注意贫雇的要求与反映他们的情感。县里建立审查剧本和各种宣传娱乐节目的制度，一切要在旧历年关出演的节目，必须经过审查批准了，方可出演。

（1948年1月26日）

保证完成彻底平分　边区邮总指示加强书报发行

【邮总消息】边区邮总顷指示各局站，在即将到来的平分土地运动中应加强书报发行工作。指示中指出：发行党报，除转递订发外，必须注意调剂掌握，随时向报社反映发行情况、读者意见，只管"订报""收款""送报"的做法应改变。《人民日报》发行到区的任务要很好地来保证，消灭空白区。太行区及平汉白晋沿线各县，凡三天内报纸能到达邮局者，皆应根据需要发到村（其他区有需要者亦可到村）。对《新大众》的发行必须结合乡邮进行推销，结合农会，利用各种办法广为宣传，开展订户。太行已发起一万份《新大众》运动号召，各区应立即努力。为克服中途转递差错，封皮磨擦不清等，自二月一日起，各局一律实行"转递报纸检查表"，如有差错只要根据此对照，马上代封即能发走，不再退转误时。指示中并号召邮政人员，必须尽量抽空宣传土地法大纲，要随时把人民对土地法大纲的反映，与乡邮建设情形，给报纸写稿。指示最后称：各局站所并应注意防止土地改革期间地富利用包裹汇兑转移资财以保护雇贫利益。

（1948年1月28日）

晋绥翻身农民积极给党报写稿

【新华社晋绥二十七日电】在土地改革与反"客里空"运动中，许多翻身农民积极为自己的报纸写稿。保德三、四两区业已组织四十七名农民通讯员，区农民代表会并专门讨论了通讯工作。识字的翻身农民酝酿参加通讯小组，有些不识字的农民也自愿供给材料和加入小组参加讨论。现该两区已建立十个通讯小组，向报纸投稿二十三件，报纸则以显著地位刊用十六件并予以赞扬。这些稿件的最大特点，是内容实际，反映了当地工作和群众要求，语言生动和群众化。农民通讯员们对稿件的真实性和政治意义极为注意，对自己报纸绝对负责。写稿之前先讨论，写好后念给大家听，经小组审查，再送区委审查（重要稿件送县委审查）。经报纸刊用后，他们又读报，看编辑修改得对不对和为什么需要这样修改，以学习写作。报纸编辑部对农民通讯员的稿件也同样予以最大的关心，无论刊用与否都虚心地对作者提供意见，以培养农民通讯员为最重要的业务。

（1948年1月31日）

部队政治工作新武器　华中创"枪杆诗"运动

【新华社华东前线二十八日电】华中解放军某部的"枪杆诗"运动，已成为该部政治工作中的新式武器。去年八月华中开始转入反攻后，解放军士气高涨，该部某支队炮兵连指导员刘干声和连长，仿效苏军进攻柏林时，炮弹坦克上都写上"打到柏林去"的做法，根据各种枪炮技术上的优缺点和对它的要求，写成短诗歌贴在枪炮上。如某炮手的平射炮上贴着:"平射炮呱呱叫,南洋岸(地名,在叶挺城附近)打得好,团里旅里都知道,这次不能打白掉(丢脸的意思)。"又如某战士的八二迫击炮上贴着:"八二炮,你的年龄真不小,可是你威信不很高,这次反攻到,不能再落后了。"这种诗歌出现后,立刻获得广大战士的欢迎,他们纷纷把自己的立功计划也写成诗歌,贴在各人的武器上,并叫它为"枪杆诗"。此一创造经领导上提倡推广,就迅速成为普遍的群众运动,指挥员旗子上写着:"我的旗子红彤彤,战斗指挥少伤亡。"某连重机枪上写着:"马克沁重机如条龙,打起仗来它冲锋,这次再能打得好,表功会上立大功。"炊事员封安全的淘米箩上写着:"淘米箩不大不小,装上米不多不少,在水里三擦四捣,把沙子泥粒淘掉。同志们都说卫生很好,大家都吃得挺饱,反攻打仗多把枪缴,打了胜仗我也有功劳。"

　　运动开展后,该部在军事、政治、文化各方面均有显著提高。八二迫击炮被贴上《不要落后了》一诗后,全班战士日夜精心研究,终于想出种种办法,提高了它的效力。某营机炮连战士沈洪海在步枪上贴上:"我的七九枪,擦得亮堂堂,这次去反攻,拼命打老蒋。"以后他就天天擦枪练武,某次战斗中,出击令刚下,他就跃出阵地大喊"我的七九亮堂堂",一股劲杀向敌人。行军疲劳时,大家念起《学文学武不怕吃苦》的"枪杆诗",脚底下立刻就加了劲。南线攻势中,沿途群众热烈欢迎帮助,战士们纷纷作诗感谢表明决心。余元坤写的是:"受了人民尊敬,决心消灭敌人,作战上了战场,报国报党报人民。"

　　根据已有经验,这种"枪杆诗"有三大好处:一、人人可以写,不会写的叫人代写,随时随地可以念,吸收了广大指战员参加,打破了过去宣传鼓动工作只限于少数干部和积极分子的狭小圈子。而且宣传鼓动口号是根据各人的要求,用各人自己的语言写成,因此非常具体有效。二、把立功计划诗歌化，战士们容易记住，而且非常灵活，随时按照新任务写新诗歌，因而有力地推动了各项工作。三、提高了战士的文化水平，战士们编好了自己的"枪杆诗"，就很有兴趣地去念它看它写它，这样把许多生字都记熟了。

（1948年1月31日）

豫陕很多知识分子到解放区工作学习

【新华社豫陕鄂前线三十一日电】豫陕青年知识分子纷纷到解放区就学和参加工作。豫西青年干部学校，已有学生六百多人，该校第一分校近日又在某分区成立，到校学生已有三百多。鲁山青年训练班第一届学生百余人已毕业，其中有五十多人参加解放军及解放区建设工作。第二届已于二十五日开课。筹备中的伊鲁中学将于下月中旬开学，该校并附设鲁迅艺术训练班，专门培养戏剧、音乐、美术工作人员。最近解放禹县后，解放军坚决执行保护文化教育机关学校的政策，该县县立中学等校第二日照常上课，男女学生纷纷向解放军索要毛主席的报告及其他文献。

（1948年2月3日）

涉县、黎城集训盲人艺人准备年关娱乐

【太行消息】涉县、黎城正积极准备在年关娱乐中，深入宣传土地法大纲。涉县为了集训年关娱乐中的宣传员，最近召集一批盲人和会说鼓词的人开会，一面讨论学习，了解土地法和今年的新形势，一

面创作鼓词等宣传材料。一共分了四个组，一组是讨论宣传土地法大纲的总精神，一组是讨论宣传土地法来源和各种具体问题，一组是讨论宣传天下大事，一组是专门讨论宣传新形势。现在大家正在自编自唱，由干部执笔帮助。编好后，还准备先在城里演唱一下，经群众审查，搜集意见修改后，再分头回去搞。黎城城里学区也在上月二十八日召开教员会，讨论旧历年关如何深入宣传土地法和今年大反攻的胜利形势。一致决定：要利用各村旧有的剧团演新剧，利用秧歌、小花戏等多种多样的形式来扩大宣传，并要大批组织群众中的艺人进行创作，搜集群众中自发流行的歌谣，培养新的李有才。会上特别决定：平时准备主要是儿童，到时群众可自愿参加。要提倡简单节约，反对铺张浪费。会后，城里主村马上召集在乡剧团演员和艺人开会讨论，当场并成立起娱乐宣传委员会，共分两伙准备：一伙是编写创作，由教员、演员、艺人参加；一伙是义教负责，准备组织群众搞。北纺、东关的儿童现在已经学会好多新编的土地法歌子。

【太行消息】元氏、昔阳在准备年关娱乐当中，发现有些村干部不顾群众迫切的生产要求，强迫组织演剧，并铺张浪费，加重群众负担。元氏南佐、东北村灾荒严重，群众迫切要求生产度荒，特别是贫雇农生产困难很多，但该村干部根本不管，只是天天组织青年妇女演剧闹娱乐，甚至演到半夜还不能回去，更引起家庭不满。同时，还强迫不演剧的妇女，毫无代价地给每个演剧妇女代纺三两花，引起广大妇女特别是贫雇妇女的不满，影响她们不愿意纺花。昔阳北掌城民兵指导员，也领着一伙青年男女，每天晚上搞剧团，还向群众"动员"（就是强迫）了二十斤油。群众对这种行为很不满意，要求马上加以纠正。

（1948年2月5日）

以先进的政治科学知识普及人民大众

全苏普及知识协会成立

一致选举斯大林为第一名名誉会员

【新华社陕北三日电】莫斯科讯：自去夏起筹备已逾半年之全苏普及政治及科学知识协会，已于上月中在莫斯科召开首届代表大会并于上月二十八日胜利闭幕。出席大会之各地科学家、政治家、艺术家、作家及政治社会领袖，曾充分讨论了如下的问题，即如何以先进的政治及科学知识普及人民大众，以帮助苏联人民加速完成五年计划。会上已达成一致协议的执行方案。大会并一致选举斯大林为第一名名誉会员，尊之为当代伟大的政治家、思想家与科学家。莫洛托夫及日丹诺夫亦一致被选为名誉会员。提议人郑重指出：莫洛托夫是社会主义经济的权威理论者，并崇扬他"在外交政策方面的光辉成就，以及把国际法通俗化为每一个工农都能掌握科学的功绩"。日丹诺夫则是马列主义理论的卓越代表，无产阶级思想战线的伟大战士。《真理报》二十七日社论评称："协会将使马列主义的世界观，传播到人民大众中去，并帮助苏联人民恰当地理解目前的国际形势，使他们看到民主反帝阵营的力量是如何地增长。"《消息报》则指出：提高苏联人民的知识水平，将使苏联工人不断丰富其技术装备，而有益于劳动生产力的提高，这是社会主义经济的典型特点，亦是争取四年完成五年计划的重要措施。

（1948年2月5日）

《石家庄日报》短论号召
学习冀南日报自我批评精神

【本报消息】冀南日报社在石门贱买印刷机的检讨在本报发表后,《石家庄日报》除将主要内容加以刊载外,并发表短论称:"冀南日报的同志,在本市中兴文具店贱买了一部铅印机,这件事情做错了,机器退回原主还不算,现在又作了深刻的自我批评。这种自我批评精神很值得我们学习。这件事情,证明中国共产党保护工商业的政策,不但是真实的政策,而且是全党统一的政策。毛主席在《目前形势和我们的任务》的报告里,对这个政策作了深刻的指示,我们一定要照这个指示办事,谁违背这个指示,就是犯了错误,就必须改正。批评和自我批评是改正错误的最有效的方法,特别是新解放城市的人民,对我们共产党的政策还不了解,或不完全了解,还不敢公开地批评我们的错误的时候,我们更应当学习冀南日报同志们的榜样,敢于公开地批评自己。"短论继称:"我们发表中兴文具店的消息的时候,主要的还不在批评冀南日报社的同志,但晋冀鲁豫中央局宣传部根据这条消息,就发出通告,要冀南日报和各级宣传机关进行检查,冀南日报的同志们在检查之后,进行了自我批评。我们愿意向这种作风学习,贡献更多的篇幅给大家,希望大家利用它,时刻注意倾听群众的意见,勇于批评别人,并勇于批评自己,加强我们报纸的战斗性,密切我们与全市人民的联系,推进全市的工作。"

(1948年2月8日)

本报启事（二）①

十日为农历春节，本报休假一日，十日无报，今日照常出版。事先未及通知，谨致歉意。

（1948年2月11日）

中直文化部门整党结束　认真站队严整队伍

历来好闹纠纷原来是阶级界限不清

初步反省，发现不纯，低下头来

【本报消息】中央局直属各文化工作单位：边区文联、文工团、新华书店、人民日报及新华总分社等机关（缺邯郸广播电台，现尚未结束），经过两个月的整顿队伍，现在初步站队完毕。此次参加人共四百五十名，地主富农及资产阶级成分占百分之八十以上，无论阶级成分、思想成分均表现了十分的不纯洁。

这一次文化界站队，是在全区土地会议精神引导下进行的，经历了严重的痛苦的割尾巴斗争。开始的时候，不少人认为土地改革与自己没有直接关联，有的家在蒋管区，表面看来并无牵挂。有的一年来对土地改革可以说是不闻不问，抱着所谓"客观"的态度。一部分从事报道实际工作的新闻工作者则抱着"差不多"思想，觉得一年来报道得都还不错，"检讨是下边同志的事"，自己是来学习锻炼。

---

① 本文原题为《本报启事》，因书中与其他标题同名，故改为《本报启事（二）》。

以上种种思想在学习中成了包袱，起初都是观望，看着人家整。提出整顿文化界党的队伍后，不少同志拿上《五四指示》，一面抱怨过去没好好研究，一面教条主义地争论一阵"什么是富农"，"为什么现在不实行土地国有"。其中有的同志表现了十足的"左倾"空谈，自以为"早在四二年就觉得政策有些右"，甚至觉得今天彻底平分政策不过瘾，实行土地国有才算"正确"。一些地主富农出身的同志则开始考虑个人家庭、地主老婆应如何处理等问题，有些抬不起头来，思想情况开始从静止转入混乱。

十一月中旬，领导同志号召文化界每一个人毫无例外地下水，表明党整顿队伍、改造文化界、适应彻底平分的最大决心，指出文化界整顿队伍的特点，要从思想上划清阶级界限入手，逐步卸下包袱。接着检查学习态度，小组自动规定了学习纪律，一扫文化人自由散漫的习气。

经过小组片段反省，有些人发现过去自以为对土地改革"没态度""没思想"，实际上是"有态度""有思想"。像翟士贤献田的报道，从动机上看是为了发一条漂亮新闻，实际上却给伯延农民斗争泼了冷水，替地主撑了腰。有的音乐工作者天天抱着大提琴迷恋贝多芬等古典名曲，根本不去为农民为土地改革而弹唱，反而借口带上大提琴不能下乡来逃避现实。一位介绍自然科学知识的工作者自以为自然科学没有阶级性，有个地方，地主利用太阳发红造谣"解放区有血光之灾"，农民叫他驳斥，他却用光和热的科学原理作了教条解答，根本不站在农民方面进行战斗。他看不惯农民斗争，便悄悄隐蔽在科学常识背后，掩住自己对地主同情的面孔。有的绘画木刻工作者认为他的作品是要争取拿到外国去展览，不是给农民看的，因而他的作品不以农民喜爱为标准；无论是政治上与技巧上都是去迎合外国资产阶级水准，或是准备拿到上海北平去"流芳百世"。文学家怕吃老百姓的饭，引以为苦，觉得没办法配合农民斗争，要求党给予三年、七年的充分时间，丰富的物质待遇，才能谈得上产生"作品"，而这种作品即使这一代不能为人赏识，却可以留给后代儿孙。这些思想挖出后，大部分同志才认识队伍不纯，开始老实了，但又纠缠在小资产阶级思想这顶帽子上，以为小资产阶级思想总比地主思想罪过轻些，思想上互不交锋，因而也就不敢真正站在阶级立场去认识错误的阶级根源，进一步发掘错误，思想运动呈现胶着状态。

领导同志号召从个人所言所行中"明确阶级性"后，运动向前发展一步，形成工作上系统的检查和个人的系统反省。

工作检查中暴露的错误和弱点使大家都吃了一惊。报纸方面从字里行间以及个人隐蔽思想中，挖出了几年未得到彻底清算的对大地主大资产阶级和对地主的投降主义，譬如土地改革初期未经中央局批准，即片面地单纯地鼓吹献田新闻。爱国自卫战争初期又发生了联合地主反蒋的投降主义思想。一年来每逢运动告一段落，报纸上便出现了自满情绪和差不多思想，影响运动走向深入。其次则为抢先和"客里空"作风：新闻成了"百宝囊"，你要什么，我有什么，发展了投机思想。战争时又不顾军事需要抢发战报。沉醉于全国性的对外宣传，对"客里空"作风不以为耻，反以为荣。冀南二三个村复查就可以写成《冀南各地掀起复查》，冀鲁豫几个村庄的农民清算便可以写成《五十万人卷入斗争》。最坏的一种"客里空"是同地主、富农思想密切结合在一起，一位编辑同志反省他以"客里空"的手法，处理一篇实际上表扬了地主的稿件时，在思想深处，是被他的地主祖父指挥着的。报纸检查另一个收获，是系统地暴露了副刊工作上的资产阶级影响，只想卖弄资产阶级的"文化水"，吓唬俘虏"土包子"，不去服务土地改革。譬如联系群众，却是从一个旧小说家那里学来的"群众要啥给啥"的办法，结果不少是替地主想了办法。一个没有向农民低头的地主分子询问："个人能不能进步？"副刊编者没有严正地让他向农民低头赎罪，结果反而让地主钻了空子。至于灾荒年赤贫卖出的儿子能否领回的稿子，却被不可容恕地积压下了。

新华书店是党和人民的出版机关，很长时间却没有服务土地改革，他们认为企业化和完成政治任务有对立，于是形成了单纯营业观点，甚至不自觉地贩卖了一些蒋管区出的有毒素的书籍。据他们检讨，真正有意识地配合土地改革还只是在三查才开始意识到。文联批判了资产阶级文学观点，最主要的一点是不面向现实，不把文学当作解放区农村人民斗争的一个有力武器。有位同志摆上老作家的牌子到处伸手，要照顾、要地位，这次整党学习中一直抵抗到底，受到大家严正批判，教育了大家：只有致力于人民事业，对党无限忠心的老作家才是可贵的，一切野心家都必然要失败。为什么一年土地改革产生不出好作品？这次也找到了正确的回答。不少同志留恋于机关的小家庭的享受，不愿同农民共甘苦，写他们斗争所需要的作品，幻想大作品，斤斤计较个人得失。文工团批判艺术至上主义、投降主义，每个同志都从工作中发现了自己的忽视政治、技巧至上、专家思想等错误思想给党的文化工作带来极大损失；大多数同志发现自己入党多年，从未有意识地当人民长工，心情十分沉重，决心痛改前非。不少同志痛哭流涕，睡不着觉，整夜反省。

工作检查暴露错误　自我批判逐步深入

检查暴露了各种工作缺点的严重性，连最不老实的人也哑口无言了。在这一基础上，比较顺利地进行挖阶级的根子，寻求一贯犯错误的历史思想根源。大体上可以分成下列几种思想类型：

第一种是地主士大夫阶级的"正义感"，看不惯斗争地主，认为是"人格污辱"，认为革命是一条路，一副担子，地主不改变自己的立场也可以走也可以担。他不是让地主青年叛变自己阶级，反而是幻想他们为自己阶级争光，出口气，以证明自己可以革命。在整党中，还认为党内不纯不表现在地富思想，而是有些人只会跟着上级乱哄哄，他认为这是农民习气应该消除。这种人表面上像个开明地主，认为自己有"洁癖"，有时故意显得自己公正，口头上是拥护土地改革，实际上在工作中不但是消极地工作，而且处处表现抵抗。有的钻了"客里空"的空子，把自己家里献田描写得十分革命。有的教书不是改造地主青年，而是专在地主中找聪明俊秀的人，倍加爱惜，对农民子弟则有厌恶排斥情绪。有的看到斗争地主便联想到自己的父母，因而影响了工作情绪。

第二种是浓厚的资产阶级观念意识，自以为是"城市儿子"，对农村不熟悉（实际上是甘当资产阶级儿子抵抗土地改革）。他们对城市和乡村的看法，不是把农村当作革命和革命艺术的出发点、前进阵地，而是"我的大喇叭现在不能用，将来到了上海还可以和工部局乐队看齐"，似乎不这样岂不显得解放区有点太土包子了吗？这种人身在农村心在城市，他们天天念念不忘的是"衣锦进城"去和资产阶级比赛："你有我也有"。他们对艺术与政治关系的看法，不是艺术服从政治，服从土地改革农民翻身，而是"农民翻身与我无干，你翻身我就画你高兴，你不翻身我就画你受压迫"。他自以为艺术是可以不受一切支配，实际上表现出来的却是道地的投降主义。譬如文工团有些同志在×××处工作时把拥护毛主席的歌子换成拥护×××来唱，还认为是"合法斗争"。在提高与普及上：他不是在农民喜闻乐见的基础上来提高人民艺术，而是强调"学习技术"，这种学习技术的热忱，是因为怕"进了大城市会被淘汰"。他认为"不提高就是尾巴主义"（资产阶级的尾巴主义），于是天天努力于向资产阶级迎头赶上。这种十足的投降主义思想，有一个错误观点支配着，这就是"解放区的人民艺术比不上外边资产阶级的东西""解放区不会出产好的艺术",因而发生了向资产阶级看齐思想。

第三种是小资产思想与地富思想的结合:这次反省发现文化工作者中普遍地存在着"成名思想"。不是为人民服务,而是一切为了表现自己。这是个人主义、急性病、抢先、"客里空"作风的一个主要来源。譬如解放区翻身农民参战,是多么雄伟壮观的场面,有着多少可歌可泣的英雄事迹,然而他却不理睬,反而从那些并没有完全向农民屈服,对人民战争并没有那样热情的少数地主身上,想出了报道他们参战的题材。在报上几次表扬地主,如表扬杨圪旦抬担架立功,表扬聊城地主参战。生产的时候不写翻身农民在自己的土地上的努力耕作,也同样表扬那些事实上在当时生产情绪并不高的地主。写威县圣佛堂新气象不是翻身农民的景象,而是描写地主天天吃白面过好生活。天天报道耕三余一,却忘记了贫雇仍在过着悲惨生活。这种小资产阶级思想完全从个人打算出发,为了出风头,迎合人们好奇心,便产生了"人咬狗"的低级趣味主义,他们认为农民生产参战不足为奇,地主生产参战才是新鲜的。

小资产阶级思想同地主富农思想结合危害最大

也有些新来的城市知识分子,自以为是革命家,可是在南京看到苏北逃亡地主就对党有了怀疑,于是抱着考察的态度来解放区,在一旁冷眼看群众斗争,越看越过火,越看越失望。他们认为这是"客观主义"思想。有这样思想的同志其实并不客观的,其中有的在农民斗争中给地主洒下了几滴同情之泪,还有的抵抗表现土地改革中伟大的人民力量,说是"看不见"。事实证明:凡是被他们看得见的都是照顾地主、表扬地主的东西。

第四种则为混进来的地主分子。文工团有一个地主是因缴公粮认为吃了亏,混到革命队伍中,为了"吃回一份"来"捞本"的(实际上是破坏),有的写了变天账来到革命阵营中隐藏了自己。这些人均在运动中暴露了自己的真面目。

此外还有流氓投机思想、蜕化思想等都不细举。必须指出这样的从阶级检查在边区各个文化部门还是第一次,大家逐渐学会运用阶级性的武器进行自我批判和相互批判。在检查中着力反对小资产阶级的温情主义、耍手法、畏惧逃避斗争等劣根性,同时提倡建设新我,反对"左"倾片面的夸大狂,运动一往直前顺利发展。

在思想运动饱满情况下,提出了查阶级查作风,每个人都给自己画了一个阶级的像,拿反自由主义等文件照了照镜子。在查阶级中大家才恍然大悟,原来孽根就是自己没有真正叛变自己的原阶级。一位同志革命十年仍然遵循父亲临别的嘱托来跟党闹,一位出身收三千石租子的地主家庭的同志还认为自己父母也受人"压迫",大家把原阶级带来的一些观点和在革命阵营中一些错误思想加以对照,真正找到了老根。查作风中,大家进一步找到过去长期闹纠纷,长期同领导上不一致,使方针无法贯彻的根本原因,发现自由主义、调和主义、宗派主义成了旧阶级思想的避难所。它钻了"照顾""民主""优待文化人"等空子,闹起各色各样无原则纠纷,妨碍了党和同志更多地从阶级上考虑工作、改进工作。过去一向认为组织比较健全的报馆,这次清算了由于个人闹名誉、闹地位而形成的反党反领导,闹了极大的宗派主义、自由主义。一位入党二十余年的老同志,经过大家帮助及个人反省,发现自己从地主家庭带来的剥削意识基本未变,长期地闹名誉地位,在党内挑拨是非,进行宗派活动,引起上下不和,影响党内团结,进行了严重的反党反领导,以致在一年轰轰烈烈土地改革运动中,使党的方针不能很好贯彻。

思想斗争发展到了高潮,犯了错误的同志们,沉痛表示忏悔,决心改过,并要求党给自己以严格处分,作为今后行动的监督。这次组织整顿结果：受处分者共三十一人，开除杜矢甲等五人，清洗了三个不改过的地主分子（其中有一个是大恶霸）。

在结束文化界整顿队伍时，领导同志指出：这次学习只是我们进一步改造的开始，必须充分认识小资产阶级思想的顽强性，这次学习成果仍是极其不巩固的。回忆四二年整风运动，当时确实获有相当成果的。可是为时不久，有些人却又钻了"打通思想""照顾""民主"等空子，闹起更严重的自由主义和宗派主义。这一教训必须深记，今后要发扬批评和自我批评，严格组织生活。以后要定期地整，不断地整，天天"洗脸"深入群众，求得更好的锻炼改造。

下乡后有新气象　继续在斗争中改造

现除留有一部分同志坚持岗位工作外，已有将近三百余人自背行李，随同工作团分赴太行、冀南、冀鲁豫各地农村参加整编队伍和彻底平分。半个多月的体验，证明每个同志均有较显著转变，他们不怕吃苦受冻，同贫雇生活在一起。一位新从蒋管区来，自小娇生惯养的小姐，这次同农民生活在一起，认为自己要"咬紧牙关锻炼一下"。大多数同志阶级情感、生活方式已有初步改变，情绪高涨，在群众过年时也不愿停止调查工作。大家都下定决心要在斗争中让人民给自己做一个鉴定。

（1948年2月11日）

稿费通知

一、本报通讯员同志：一月份稿费已寄出。因不少同志集中学习土改或工作调动，稿费都寄交原来岗位所属的专署或县办公室了，请注意。

二、太行军区政治部及五分区邮局，冀青、文云、俊卿、韦光、米换，岳北人民报同志：你们一月份各有三百元以下的零星稿费暂存本科，望继续努力投稿，以便凑成整数寄去。

三、崔殿宸、姜森同志：请示通信地址，好寄发你们的稿费。

本报通联科
二月十日

（1948年2月13日）

通 讯 往 来（第九号）

一九二二年一月，列宁给《贫农报》的编辑写道："是否可以简略示知（最多两三页）：《贫农报》收到了多少农民书信？在这些信中有些什么重要的（特别重要的）和新的东西？情绪怎样？迫切问题？是否可以每两个月得到一次农民信件？"

请大家注意研究列宁这段话，当农民的代笔人，反映他们的情绪和迫切问题，要注意新的重要的东西。农民自己直接给我们写，更是欢迎。

（1948年2月14日）

通 讯 往 来（第十号）

人民日报社负责同志：

我自新年以来，看到的报纸，使我精神上很痛快，内心里也很喜欢。我为谁喜欢？为的一部分老实基本群众，由于他们的不会说话，也是不敢说话，加上那些不会做土改工作的人，也不知道为谁土改，还不知道为谁要群运，故而将他们扔到一边忘掉他们，仍是受压迫。我所喜欢的就是他们今后有不挨饿、不受冻、不受压迫的希望了，有学会说话的希望了。这样引起我想当他们一个拐杖，在这土地大改革的运动中，给报纸当一个通讯员。这是我满腔热火，是否可以呢？要求报社答复。再我看到报纸上材料，边区各地都见到些，唯我县区村对土改以来的"好""坏"材料，一点也没看到过。大概许是缺少通讯员的缘故吧？今天我要求要补这个通讯员的缺……

我自己的成分是贫农，出身上学四年，事变后务农一年余，于二十八年即参加抗日游击队，前后共七年，于三十五年因病复员在家，种地一年多了。最后说明，我是受到基本苦群众的要求。

冀南一专区元朝县二区金东村

郑重之

二月五日

报社答复：郑重之同志愿意做一个农民通讯员，我们很欢迎。我们报道的地方还太少，希望大家都来当通讯员。

（1948年2月16日）

中央局宣传部通知

《做个好党员》歌发表后，希望各地群众、党员、干部，特别是各地参加土地改革的同志们多提意见，以便修改。意见交人民日报转中央局宣传部。

（1948年2月16日）

工作通讯

我们以最大的篇幅,欢迎边区各地参加平分土地工作的同志们,交流工作情况,交换工作意见,研究工作问题。集中多方面意见,然后加以共同解决,系统的也好,片段的也好,材料也好,心得也好。用写文章的形式也好,写信的形式也好,写通讯记日记的形式也好,不拘什么形式都好,把要说的话写出来就可以,千万不要党八股客里空。别的同志有不同的意见,也可以写信来讨论。一个地方有一个地方的具体情况,这里发表的通讯不一定对每个地方都适用,但可供大家参考。

(1948年2月16日)

通讯往来(第十一号)

请各地读者、通讯员、参加平分工作的一切工作同志,将你们从事工作村庄的面貌作一初步介绍(包括历史情况、阶级状况、翻身程度、封建势力消灭程度、干部问题、宗派关系、群众迫切要求等)。报道这些材料的目的是要能真正给整编队伍,准备平分提出若干必须解决的新问题,切忌片面夸大缺点,切忌党八股和客里空,必须深入群众直接调查。

(1948年2月17日)

运用党报改进工作

武安九区有些村庄的工作同志，在做村的工作中有意识地做到运用党报这一武器，获得一些初步经验，可供参考。

赵庄村工作同志参加运动时，随时记下各方面材料，经常地互相汇报，交换情况，进行研究。在研究时，大家明确地认识了运动的发展状况和特点，发现了各种材料的一致性和有矛盾的地方，然后依据研究和讨论明确了各种问题。他们把这种研究的结果由专人负责整理，写成报告草稿，然后再由大家相互审阅校正，同意后即交报纸发表。发表后大家进一步在群众中进行研究，改进工作。

河西村工作同志做了半个月村的工作后，大家认为有必要把搜集的材料做一全面分析，说明特点，提供给党报。大家召开了专门会议对情况，一研究情况发现了过去调查的材料很多，由于缺乏研究，大家没分清调查的材料用处在哪里？哪些是重要的，哪些是不重要的？许多材料没有综合起来，以致没能进一步提高。在会议中大家又提出了一些更全面的问题，分头再到群众中调查，然后写成新闻报道，这一报道代表他们的认识，准备在运动深入中继续修正、提高。

田二庄工作同志，把他们调查的结果，结合上他们彼此的思想反省写成新闻报道。这样，可以把工作上的问题和个人思想作风的问题，都公布到群众面前，发动群众研究村的工作，同时也给他们以必要的监督。

以上凡是有意识地把发动群众和运用党报推动工作结合起来的地方，也都能逐步地使农民认识党报，运用党报。譬如报上发表赵庄消息后，赵庄老百姓争相阅读，有的要求更正自己的名字。石洞消息发表后，群众认为："报纸登的还不够，我们的材料还多着啦！"一位贫农老太太要求给自己登报，她说："为什么登英会娘的，不登我的意见呢?"河西消息发表后,工作同志有计划地分头同干部群众阅读,群众看了劲头更大,干部听了老实,对运动有些帮助。

(1948年2月18日)

《皖西日报》创刊

【新华社鄂豫皖十七日电】皖西解放区的《皖西日报》已于今年元旦创刊,新华社皖西分社也于同时成立。

(1948年2月19日)

联共中央公布关于苏联音乐艺术决定

严厉批评形式主义反大众化的倾向

【新华社陕北十七日电】莫斯科讯:联共中央顷公布关于歌剧《伟大的友情》的决定,严厉批评了苏联音乐界错误的倾向,即形式主义的、矫揉做作的、反大众化的、向欧美资产阶级没落垂死的音乐投降的倾向。决定首先指出:作曲家莫拉德里根据姆德万所作的诗歌谱成的歌剧《伟大的友情》,不论从音乐或主题方面来看,都是不真实的、非艺术的作品,歌剧的音乐枯燥拙劣,杂乱无章,毫不和谐,只是一些无休止的噪音,一些刺耳的音响的组合,其中没有一点使人神往的旋律或气氛。歌剧的情节也同样是矫揉做作的。决定继指出:"苏联音乐界代表会证明了:莫拉德里歌剧的失败,并不是孤立的现象,而是和散布在苏联作曲家中的形式主义倾向密切结合着的,莫拉德里仅是走上了这种不幸道路之一人。"决定回溯称:早在一九三六年，当肖斯塔科维奇所作的歌剧《墨森斯克的马克白斯夫人》问世时，苏联音乐界这种反大众化的、形式主义的恶劣倾向就曾受到尖锐的批评，并且被揭露了以这一方向来发展苏联音乐所存在的危险。联共中央认为苏维埃音乐迄未改造。苏联作曲家在创作为人民欣赏而且传布甚广的新歌方面，在电影配曲方面等的个别成功，并不能改变这种总的面貌。背离苏维埃人民及其艺术口味的音乐上形式主义的恶劣倾向与反民主倾向，特别明显地表现在肖斯塔科维奇、普罗科菲耶夫、哈加杜里阳、谢巴林、密斯托夫斯基等作曲家的作品中。这些音乐的典型特点，就是否定古典音乐的基本原则，传布噪音和不和谐，据说这是代表音乐形式发展中的"进步"和"新趋势"的表现。这种音乐发散着所谓"现代派"资产阶级文化的强烈臭气，发散着反映资产阶级文化的没落，以及完全否定音乐艺术的欧美音乐的强烈臭气。在交响乐和歌剧艺术方面，情形尤其坏。许多苏联作曲家藐视俄罗斯和西方古典音乐中最优秀的传统，拒绝这些传统，认之为"陈腐""旧式"和"保守"，嘲笑那些自觉地想精通和发展古典音乐的方法的作曲家。他们就这样把他们的音乐和苏维埃人民的要求和艺术口味分了家了。他们贬抑音乐的高度社会作用，把音乐的意义局限在迎合那些冒充伟大艺术家的个别人物堕落的兴趣上。苏联音乐中的谬误的、反大众化的倾向的流毒，也影响到国立音乐学校中青年作曲家的训练和教育。首先便在莫斯科国立音乐院，谢巴林就是那里的院长，形式主义倾向在那里占着统治地位。联共中央唤醒大家注意苏联音乐批评界中不可容忍的情形，苏联音乐批评界已不再反映人民的意见，而成为个别作曲家的喉舌了。联共中央认为国家艺术委员会与苏联作曲家协会组织委员会，所奉行的错误政策，造成了苏联音乐界这一不能令人满意的情形。他们不是在苏联音乐中努力培养现实主义的倾向，这种现实主义倾向所依据的基础就是：接受和进一步发展古典遗产，特别是俄罗斯音乐学派的传统，把崇高的内容和音乐形式的艺术完整性相结合，把音乐和人民及其在音乐和歌曲中的创造性艺术深刻有机地联系起来。总之：他们鼓励着背离人民的形式主义倾向。联共中央认为对于苏联音乐界的这种情形，和这种对待苏联音乐的态度，已不能再事容忍。决定最后号召在苏联具有无限创作机会的作曲家们，奋起实现苏联人民对音乐艺术所提出的高度要求。

（1948年2月19日）

郭沫若茅盾到香港　痛斥美帝扶持日本侵华

【新华社陕北十三日电】蒋区报纸消息：名作家郭沫若、茅盾不堪蒋匪压迫，已于年前十一月中旬由沪抵港。在文化界的欢迎会上，郭氏论到美帝国主义扶植日本侵略中国及其文化思想侵略时，他说："这样的'美'是用心最毒，用力最深，化装最美的'美'。它不但在'美化'（殖民地化）中国，还在'美化'日本，用日本搞我们。所以要注意日本的危险，反对美国培植日本。日本本来是个可怕的鬼，这个鬼后面又站着一个鬼（美国），它前面还有不少伥鬼（指卖国贼蒋家匪帮），日本是不能让他起来的。"谈及奉蒋匪命令最近在香港筹备分版的《大公报》时，郭氏将该报比作《聊斋志异》上的"画皮"，明明是一个"青面獠牙的鬼"，却用"民间"的招牌装成"摩登美女"。我们必须揭开它的皮来。

（1948年2月19日）

通讯往来（第十二号）

"给贫雇农作传"是自我教育和提高阶级教育的一个好办法。我们为什么要依靠贫雇农团结中农？这从贫雇农亲身经受的痛苦，从他们对土地改革的一些朴素的革命观点中可以充分地得到回答。我们大家在访贫雇中应该替那些长年劳动的、为人正派的贫雇农写下他们的历史，写出他们对土地改革的意见。广大读者都在欢迎着这样的报道。

（1948年2月20日）

决心在群众中改造

中直文化工作同志下乡后的点滴体验

【本报消息】经过整顿队伍，中直文化部门下了乡的一部分文化工作同志，从开始接触群众生活中，他们初步体会到群众如何在教育着自己，同时也考虑出自己，过去对农民生活是十分无知的。地主出身的新华总分社一个青年同志，过去他是一个讲究衣服整洁，爱漂亮的青年工作同志，在党的生活中一贯的阶级界限不分，整党会上，曾受到处分。但他对自己的处分认为是党对自己的教育，很愉快地接受了。他这次下乡，用自己原来的干净棉衣，换了机关里伙夫的棉衣。过去他是很爱吃喝的，但这次下乡，同一个光棍贫农住在一起，同他吃一样的掺了豆腐渣的杂面窝窝头，不以为苦。工作中他诚恳地接受了群众对他的怀疑与考查。起初贫农问他家庭成分，他据实告诉了，而且说自己还犯了错误。后来农民又怀疑他给坏干部们办事，有一次，他去了合作社回来，贫农英会娘问他："你给村干部讲了什么？干部又给你讲了什么？"他起初对这些事情感到头痛，觉得自己既来为农民服务，而且又是心很诚，他们不应怀疑。但后来他想通了，他认识到自己才开始叛变阶级，接受群众的考验，是完全必要的。打破一切困难的决心更大了，他去访问一个贫农，他不爱回答他所提的问题，便亲与他到山上打柴，给他做活，终于这个贫农自动对他说了知心话。

抗战时期做过地方工作，以后才做报社工作的一个同志，他过去还是比较了解群众生活的，但这次在与贫雇的共同生活中，由于他自己吃不饱饭，才开始体验到贫雇的生活是经常处于半饥饿状态的。在冬学里，自己对一些错误意见批评，没有起了作用，但当群众起来之后，他们的批评就有力得多。

此外，还有一部分同志是新从蒋区来的，还有的是虽在解放区待了一个时期，但根本不懂得农村。但他们并不因此而失掉信心，热情很高。从生活上讲，过去还怕过虱子，现在不怕了。一位同志听有人说，牲口吃草料，亦应分一份土地，心里觉得有道理，但觉得既然土地法大纲上没有这规定，就应弄清楚。于是请教了一个中农，他才告诉他，好牲口还能给别人耕地赚粮食，不需要分地。他们对于接受这样的知识，感到十分愉快。他们对于新的群众生活与体验，逐渐增强着他们为群众服务的热情与信心。

（1948年2月25日）

新大众报社、邮政总局联合通知

第一号

各邮局站长：

《新大众》第七期关于三月份报纸增价启事，因登载时间太晚，且未与邮总交换意见时，各地邮局已将三月份报纸订起，如再行补收报费，困难必多。为便利发行克服手续紊乱起见，兹经重新商定：《新大众》报纸改自四月份起增价，每份每月三百五十元。自三月一日起，凡预订四月或四月以后报纸者，一律按新价三百五十元收费。但不论何时，凡补订三月份报纸者，都按原价二百元收费，不予增加（已按新价之多收部分，应即退还订户）。并具体规定几点如下：

一、凡一、二月份已经预订的四月或四月以后的报纸，一律照发，不再按新价补收。

二、但自三月一日起，如仍有按旧价（二百元）预订的四月或四月以后报纸时，则应一律按新价（三百五十元）补收齐全。必须向订户耐心解释，说明原因，认真努力，负责补收，并限三月二十日结束，汇报报社。

三、凡三月一日前，如因接到《新大众》第七期增价启事，即已按新价补订的三月份报纸，或按新价预订的四月及四月以后报纸者，应将多收之报价全部退还订户，并说明原因。

四、各局站不得假报订期，额外多收或该退不退等情事，否则，须受处分。

五、补收与退还报费的会计手续。

甲、多收之报费退还时，由订户开具"收到邮局×月份多收之《新大众》订报费××元整"订户盖章之收条。如补收报费时，应给订户开具补收报费收据。均限三月二十日前办理完毕。

乙、将补收与退还之报费，分别列表各三份，注明月份、份数、补收与退还钱数，分寄总局、区局及报社，以便对账。并将订户收条寄总局备核。

丙、用四联单拨付报费者，由总局核对更正。用汇票汇交报费者，由各局自行与报社接洽，多退少补。

各局站接到本通知后，即应照办执行。并须检查帮助各邮务所、代办所、代售处、发行网等，务求贯彻而免差错为要！

此通知

二月二十日

（1948 年 2 月 26 日）

更 正 号 数

从十八日（六二〇号应为六三〇号）至二十五日，这八天的报纸号数，因工人同志改错，校对者亦未看出，是我们工作中的粗心大意，致使一错再错，从今日起（六三八号），特作更正，请读者鉴谅。

（1948 年 2 月 26 日）

晋察冀领导机关通告保护文物古迹

【新华社晋察冀二十一日电】晋察冀边区行政委员会与中共晋察冀中央局为征集与保管文物古迹，顷发布通告称：各地土地改革中发现与接受了许多有历史价值与学术价值的图书、古物、美术品等，为统一保管，避免损失，现在筹备成立文物保管委员会，并规定征集办法如下：（甲）贵重文物开列清单，妥为包装，送边区文物保管委员会筹备会（其中特别贵重者派专人负责运送）。其种类为：（一）古版书籍、抄本、宗教经典、县志、风土志等。（二）古物、古字画、雕刻及其照版。（三）贵重图书、资料包括外文书刊、图表等。（乙）上述文物为土地改革胜利果实之一部，任何机关或个人不得任意加以损坏，不得归私人所有。（丙）各地名胜古迹及建筑应妥为保护，不得破坏，并望将其情形报告。

（1948年2月26日）

不应派米唱旧戏

编辑同志：

现在各地演戏的很多，光我县（成磁）即有几十村。如一区南彭留村，全村共有几十户人家，仅是几个村干愿意唱，他们到区里即说："俺村群众没有一个不愿意唱的。"（其实开会群众都没吭）马马虎虎即唱起来了。唱的是四股弦，光演封建旧戏。这个剧团有六十来个人，说的每天一大石米（三百二十斤），共唱四天，三天上午叫人家吃白菜、肉、馒头。这个村共十五顷四十亩地，每亩地派一斤米。据说如不够时，还准备卖果实树，算起来浪费更多。如小霍村唱戏派米，有两家群众吃的还没有，往中农家借米。这种现象各地工作同志应注意制止。

读者 尤然 安谆 保根 在信 宏亮 绍空 付仁

（1948年2月27日）

写新闻要讲实际

【新华社晋察冀十八日电】周扬同志顷在《晋察冀日报》发表《反对客里空作风建立革命的实事求是的新闻作风》一文指出：晋察冀党内严重的客里空作风，实际上代表了地主富农的利益。这种客里空作风的思想根源，主要反映了小资产阶级在政治上和思想作风上的投机性和迎合性，就是不依照群众中的实际情况来报道，而专看某些领导者要什么就给什么，有一分讲成十分，没有的也可以讲成有，也可以把十分讲成一分，或者讲得没有，一切都从表现个人出发。这是一种毫无党性，毫无阶级立场，因而也没有人民立场的人，是一种品质很坏的人。这是党内沾染上客里空作风重要原因之一。周扬同志特别指出许多同志还很缺乏实际进行调查的习惯，还很不善于精密地从思想观察和分析，因而往往不能准确地叙述和论证一件事情。讲好就一切都好，讲坏就一切都坏。许多新闻报道是单纯从干部谈话或汇报听来的，很少是记者深入到群众中去，亲自用眼睛去看，直接向群众作调查得来的。

周扬同志提出为建立党报实事求是的作风，必须：第一，真实地反映工农群众的实际生活，特别要注意他们日常生活和工作。列宁和毛主席总是叫我们注意日常的东西，因为日常的东西是最具体的，同时也是最大量性、普遍性的。第二，要留心去发现生活中的新的东西，并加以分析，检查其中哪些是有发展前途的，哪些是合乎历史要求的，哪些是不好的。一个党的新闻工作者，必须具有明确的阶级立场和观点及一定的政治敏感和远见，我们党的报纸不但要叫人们看到眼前的事情，并且要看得比眼前更远一点，它必须启发人们思想，引导人们前进。上面两点是新闻工作的基本方法。

(1948 年 2 月 28 日)

联共中央的音乐决定全苏联人民热烈拥护

受批评的作曲家遵照党的指示决心改正错误

【新华社陕北电】莫斯科讯：联共中央公布的关于苏联音乐工作的决定，获得全苏人民的热烈讨论和一致拥护，认为这一决定具有伟大的政治意义。《真理报》与塔斯社连日收到拥护这一决定的投书，多如雪片。著名钢琴家、莫斯科音乐院教授耶可夫说："许多音乐家认为他们的责任主要在迎合音乐'欣赏家'的小圈子的口味，他们所演奏的大多是形式主义的作品，对广大听众是不可理解和多余的。他们对这一事实竟毫不感觉惭愧。"米海尔吉斯上校说："所谓苏联音乐的'革新派'肖斯塔科维奇、普罗科菲耶夫、谢巴林等人，把苏联音乐引上绝路。这些'革新派'的作品中，噪声的狂放不羁，使听众愤怒，音乐批评家们竟把这些作品捧上天去。"格涅辛音乐师范学院院长伊利娜说："人民对党的决定深感满意，并引以自豪。因为这一决定又一次表明苏联艺术特别重要的作用，以及党领袖对艺术的不断关心。在苏联，音乐必须是表达我们时代思想的工具，它必须深深吸引和真正感动广大的听众。为达到这一目的，音乐的内容必须是能理解的、有感情的、有意义的，是老百姓所喜闻乐见的。联共中央这一决定代表了全苏联人民对艺术的热切要求之表现，并且是与人民创造性艺术的源泉以及古典音乐的优秀传统密切联系着的。我们需要的音乐是牢固地在人民中生根的音乐。我们需要的音乐艺术是勇敢向前进的音乐艺术，而不是以聪明过了头的离奇古怪的东西来冒充新奇。党中央对发展古典遗产这一指示，我特别感到欢欣。我们正应该朝着这个方向去教育青年，培养健康的、年青一代的苏联音乐家。"列宁格勒基洛夫工厂工程师狄托夫说："俄罗斯人民有非常丰富的民间歌曲与歌谣，但我们有许多作曲家却忘记了从民间艺术的无穷尽的源泉中汲取灵感。"列宁格勒科学院大学士巴克布大奥夫说："在苏联，音乐必须为人民的利益而服务，表达他们的思想和感情，但苏联作曲家近来却忘记了这一基本真理，苏联作曲家应当响应党的号召。"

【新华社陕北电】莫斯科讯：最近受到联共中央严厉批评的苏联作曲家普罗科菲耶夫及哈加杜里阳，日前分向塔斯社记者表示决心遵照党的指示，痛改前非，自拔于形式主义的深渊。哈加杜里阳说："联共中央的决定是人民意志的表现。它表现了多年来激动着苏联人民的思想与感情，并真实而明确地表明了苏联人民对西方音乐文化的态度。苏联人民不但不摒弃，相反地愿意成为各个时代各个国家古典音乐中优秀作品的真正继承者，但苏联人民尖锐地批评并摒弃近代西欧和美洲各国堕落的音乐艺术，这些音乐反映资产阶级没落文化的颓废性。联共中央的决定将引导苏联作曲家和我本人走向音乐艺术的社会主义现实主义的道路。"普罗科菲耶夫说："联共中央的决定将成为苏维埃音乐艺术发展的转折点，将帮助苏联作曲家发展音乐创作上现实主义倾向，尤其是帮助我本人的创作，克服形式主义倾向，使我将来的作品无愧于我国人民和我伟大的国家。"

（1948年2月28日）

晋察冀成立出版局

【新华社晋察冀电】为统一加强出版与发行事业，中共晋察冀中央局宣传部决定成立边区出版局，并改组与扩大原晋察冀新华书店，作为该局对外统一发行机关。该局局长由中央局宣传部长周扬兼任，另任王子野为编辑部长，李长彬任出版发行部长兼新华书店经理，王钏任出版发行部副部长。

(1948年3月2日)

晋绥收集古物　内有汉代铜鸟

【新华社晋绥二十六日电】中共晋绥分局及吕梁区党委遵照土地法大纲之规定，发出《珍重与搜集历史文化遗产》的指示后，数月来各图书馆已陆续接获各地翻身农民及各机关部队赠送之大批名贵古书、字画及各种古物。晋绥图书馆收到书籍、字帖、画帖达数万种，并有汉代铜鸟及唐代瓷瓶等珍品。吕梁图书馆亦收到古书达两万册，古代美术品一百零七件，内有汉瓦四块，汉末铜雀台瓦一块，北魏及明代之红色大坛、瓷瓶、铜器多种，宋代之米南宫、明代之董其昌、清代之郑板桥等名书画家之亲笔字画一百余幅。

(1948年3月3日)

中共东北中央局关于知识分子的决定

中共东北中央局上月十五日颁布《关于东北知识分子的决定》。

该决定首先阐明知识分子在中国革命运动中的进步作用及其缺点与我党对待知识分子所采取争取、教育、改造的一贯方针。继称:"东北党内对待旧的知识分子曾发生两种不正确的偏向:一种是对伪满旧的统治机构、管理机构和旧的制度(政权、工矿、铁路等等)不敢加以彻底的改造,盲目地相信旧职员、承认旧制度;不敢放手发动工农,并吸收他们参加到新的管理机构内来。对于这种不正确的偏向给以严重的批评和纠正是完全必需的。另一种是某些干部在提出整党整思想土改教育后,在某些部队和机关中,简单地根据知识分子的出身成分而无区别地加以洗刷。党所提的贫雇农路线,主要是对农村土地改革的指导方针,而某些同志机械地搬到机关学校甚至一切其他部门中去,个别的中学甚至简单地根据地主富农出身的成分而清洗学生、辞退教员,这种不正确的偏向也必须加以纠正。"因此东北局特作下述七项决定:"(一)各部队机关必须继续进行查阶级、查思想、查立场、查作风、查生活,反对地主富农思想,肃清贪污腐化,反对官僚主义。查阶级的目的是为着弄清阶级成分,反对隐瞒与假报成分,但不能简单根据成分来洗刷。凡是地主富农逃避斗争,隐藏在机关部队者,可以洗刷并交给农民去处理。而地主富农子弟出身的知识分子,凡在工作中表现好者,一律应采取争取教育,继续改造,不要洗刷,给以工作,并在工作中继续考验。在工作中表现不好者,要分别轻重批评教育。只有对那些进行破坏活动,反对土地改革,为国民党做特务活动,以及无法争取改造者才必须加以洗刷。(二)干部学校的学生,一般采取思想改造的办法,只有最后证明不能改造时才加以洗刷。除罪大恶极之汉奸恶霸大地主子弟及国民党特务分子外,只要本人愿意改造要求进步,一般地主富农子弟均可吸收入学。(三)普通中学内继续进行思想改造的方针:一般拒绝招收地主富农子弟是不应该的。在已有党的领导的中学内,只要房屋条件许可,均应大批招生，经过思想改造，介绍参加工作或进其他干部学校。今天还没有党的领导的中学，虽不必扩大招生，暂时也不必停办。师范学校或师范班招收学生时，则须加以适当的选择。（四）农村小学教员除个别与地主勾结，破坏土地改革者外，一般均应争取教育，使之继续为农民服务。城市的小学教员工作表现好而无政治问题者，应继续吸收其工作并鼓励其前进。对中学教员在下列三个条件下：即不作反革命活动，不破坏学校的工作，同情农民土地改革运动，忠实于自己的职务，不要清洗，应继续争取。（五）除区村两级政权及农会暂时不吸收知识分子外，县以上各级政府及财经、贸易、税收、工矿、交通等机关，均可吸收经过选择的知识分子参加工作。参加体力劳动的地主富农出身的子弟，只要不作阴谋破坏特务工作，均不应清洗；并当他参加劳动满一定的工龄之后，可给予工人的权利。欢迎地主富农子弟在劳动中改造自己。（六）对技术专家、工程师、技师、医生等应争取其继续工作，并根据其技术能力给予适当的优待。他们之中过去某些人曾借伪满势力，欺压过工人者，在他们诚恳向工人坦白反省，承认错误后，仍应争取其继续工作。对于那些阴谋破坏及为国民党做特务确实有据者，则应分别轻重加以处理。（七）在争取旧的知识分子中，同时必须注意培养工农子弟新的知识分子，应在各种学校中给予工农子弟以升学的方便，并在各种大企业及城市中，为工农开设技术学校及工人子弟学校。工会及政府均应给予充分的注意和必要的可能的帮助。"

（1948年3月4日）

蒋匪苛杂捐税繁多　北平剧人叫苦连天

【新华社陕北三日电】据天津报纸消息：北平剧人于上月十五日

"戏剧节"痛述蒋匪所加于戏剧界之苛暴。该节日纪念会上，名导演马彦祥表示在蒋介石统治下的剧人"是被侮辱与被损害"的，他们有"很多泪水与辛酸"。马氏把蒋介石的统治与北洋军阀的统治对照说：二十年前没有娱乐捐，去年却被强征百分之二十五，今年又加到百分之三十；而且还勒收"城防费"、"冬赈救济捐"、蒋军"慰劳费"，苛杂占门票收入百分之五十到六十。此外还有"义务"戏和"劳军"戏，每场要留给蒋当局八十四个位子，华乐戏院被指定留五个包厢，三庆戏院留三个包厢，长安戏院留一个包厢，本年春节还特定了《管制办法十七条》。大会主席焦菊隐在致词中说：捐税太重使观众减少；且物价高涨，即使场场满座也要赔本。

（1948年3月5日）

武安加强党报发行　开展农村订户

武安邮局

【武安消息】武安邮局检查过去对党报发行上，存在着单纯代订代发、抽手续费的营业观点，对于调剂数量、开展农村订户、掌握对象上没有足够注意，并没有把报纸发行当作是重大的政治任务。近为配合填补整党民主运动，特与县府联合指示各区，加强报纸发行，认识报纸对土改的重大领导作用，并争取各村要订阅报纸；加强报纸转递，整顿乡邮线，加强速度，节省人力，紧缩时间，固定班期，报纸要按时送到农村。为彻底完成这一工作，并抽出两个干部下乡组织订户，检查乡邮与报纸转递情况。

（1948年3月6日）

七里店滥用果实搞剧团　一年浪费七十多万

编辑同志：

　　永年四区七里店，群众没有彻底翻身，得了一点东西也给了剧团。去年正月，村农会主任侯安秋借口年关娱乐弄了个剧团。这个剧团，吃喝用具都是斗争果实和摊派的，演员还集体起火，吃了个把月，斗争出的十二亩地，也给了剧团。刚成立时，侯安秋提出叫大家"拥护拥护"，群众有的三百，有的二百，有的一千元。二十四户贫农分了一辆水车，为给剧团钱，就把水车卖了。剧团花完后，就又挨门挨户二百元派了一次。第三次是群众分的斗争果实洋，每户五百块的股，入了本村合作社，四个月每股分了二百元红利，在农会主任强说之下，又都给了剧团。第四次是群众分果实剩余的十三万元，存入本村合作社，他又弄到剧团，还偷卖农会分余果实大酒坛二个，卖了一万五千元，大槐树一棵一万二千元，水车一架三万五千元，大车脚子一副两万元。贫农侯牛子，从山西逃荒回却分不到东西，卖了斗争出的房一座出二万元，也给了剧团。贫农温德贵小孩去剧团学戏，住了十几天，剧团嫌笨不识字，叫退出了。之后，说他白吃十几天饭，吓得温德贵没法，给卖了一口袋白菜萝卜扛上送到剧团赔情。这还不算，农会主任又叫温德贵染一条红幕布，温不敢不染，共用三千元；染了送去以后，侯安秋还嫌染得不好，一直没有给钱，温德贵也不敢说要。剧团自去年一月成立到现在，一年共浪费了七十六万元。这种严重的浪费，早应该处理，但永年领导上还叫继续搞下去，在今年一月十一日，由区干李传绪给张科长写信说："该村剧团比较不错，领导人由村农会主任负责……"希李同志速到本村了解了解实情吧！

读者　燕生钟

（1948年3月7日）

本报启事（三）[1]

由于广大读者的爱护，本报发行近来逐日增加，订户已近两万。但为推动土改，帮助各地迅速传布经验，熟悉政策，决定即日起改进编辑与印刷工作，提前出版时间（比原来提早一天），并决定报纸订阅不受限制，不论农会、农代会、小学校、机关团体与个人有愿订阅者，均可向各地邮局去订。希望各地邮局加强党报发行，注意开展农村订户。

（1948年3月8日）

武安七区公所应关心党报发行

编辑同志：

武安七区共有四十九个村，但区上只给村上代订五份报纸，有些村公所想订报，但怕区上通讯员不给送。区公所有四个通信员专负送信文件、报纸之责（群众供给），但他们每天都忙于区上勤务工作，送个紧急通知，对党报代订也不想代订。有了报也不固定时间往下送，区上报纸信件积压多了，就利用各村老乡往回捎，使村上订报看报都感到不便。建议七区今后要好好整顿一下，固定班期，要真正把报纸发行到各村。我们把报纸要按时送到农村读者手里，就等于帮助农民彻底翻身。党报是土改中不可缺少的东西，今后要把推广党报重视起来，把过去不关心党报的思想去掉。

张毅

（1948年3月9日）

---

[1] 本文原题为《本报启事》，因书中与其他标题同名，故改为《本报启事（三）》。

东京各外国记者反对美军当局统制新闻

【新华社陕北六日电】东京讯：此间各盟国记者特别委员会，以长信两份，分别送交美国新闻自由委员会及麦氏总部，反对麦克阿瑟以"谬误之方法"，钳制新闻之报道。信中严厉抨击麦氏总部借口"军事秘密"控制和检查新闻，和严密封锁消息来源，以控制或干涉记者对处理新闻的方法。信中列举事实说明麦氏总部借口某记者报道为"吹毛求疵"，美陆军刑事侦察组即搜查该记者的住宅，并盘问威胁该记者。占领当局又广泛利用"军事秘密"一词，以驱逐新闻记者，至少已有九名记者受到此种恫吓。而在"军事秘密"名目之下，记者对日人罪行、战犯、清洗统计、赔偿、分散日本经济势力、工业复兴及美元贷款谈判等各方面的情报，均不准报道。收集这些新闻的记者，还受到迫害与恫吓。信中说：如果驻日记者都遵守当局的一切规章，他们只好缄口无言。

（1948年3月9日）

磁县六区检查北贾壁剧团　错处都改正过来

编辑同志：

二月廿四号报登载磁县六区北贾壁村，拿果实和随便向群众动员款搞剧团，拿整财款投入互助组，叫群众给搞生产，登的两个事情都实际，现都检查改过了。情况说明如下：动员群众的款，还没有起，已经不叫群众拿了；吃群众的米麦和使群众的布匹，也一定要退还群众。再一个叫群众给村财政搞生产，规定红利，在腊月间就改正了，把款抽回了，抽回来的款现已投入到村合作社信用部调剂给群众了。这次登的这个事，对我们帮助很大。

磁县六区 杨三才

（1948年3月13日）

统一部队出版发行　军区政治部特作补充决定

【本报消息】为在军队中贯彻中央局统一出版条例，军区政治部顷特发出《关于部队统一出版及发行工作的补充决定》如下：

一、中央局统一出版条例军队一律遵行。为贯彻中央局严整思想阵营的目的，特根据部队情况规定出版发行工作补充办法。

二、晋冀鲁豫军区与各军区（纵队）出版分工规定。

甲、晋冀鲁豫军区以出版营以上干部读物为主，战士（包括连以下干部）通俗读物为辅，各军区（纵队）以出版战士通俗读物为主，干部读物为辅。

乙、凡部队各级报纸一律由各级同级党委直接领导，军区（纵队）报属干部读物，以交流工作经验为主，反映部队生活次之。各分区（旅）油印报为战士读物，主要反映战士生活。团多用集合讲话，取消小报，加强连队战士墙报。

丙、凡纯属部队内部之各种教材、读物等印行，社论、首长讲话、报告等，一律送交同级党委审查。

三、凡属宣传腐朽社会——封建剥削阶级、大资产大地主阶级意识，及浪漫淫荡的各种歌词、小说、论述、剧本等，以及鼓吹反人民观点的论述，和不利于当前作战的读物，一律禁止阅读和演出。提倡富有阶级性战斗性，勇敢进取思想的各种读物。

四、凡发行应以经济便宜、实际适用为原则。部队一切印刷品之出版，必须依据其性质与对象审核其发行量，并保证发到读者手中。各级宣传部门应随时检查其发行效果，并定期按级向上报告。

（1948年3月15日）

《新大众》报听看都能懂　已经发到三万五千份

【本报消息】本区通俗报纸《新大众》报，出版两个月来，得到广大读者拥护，销数激增。第九期发行即达三万五千份，占全区报纸销数的第一位。该报负责人介绍了两个多月来的点滴经验如下：

一、初步执行了中央局宣传部规定的方针。过去《新大众》是个杂志，一月或半月出一回，内容曾以自卫战争、土地改革为主，也有工农同志写稿，但因故事占的篇幅多，又要写得有头有尾，出版同发行的时间又长，便限制了与广大群众结合，也限制了与工作结合。土地会议期间，中央局宣传部为了使这个有些群众基础的杂志，进一步结合群众，决定改成通俗报纸，总的方针是服务土地改革、自卫战争。做法有两个，一个是把中央、中央局有关填补、整党与民主运动的方针、指示，宣传解释，做到群众都能看能懂。一个是把运动中群众思想上的问题，与具体的问题，发现出来，加以解决。该报经过两个多月的试办，虽还不能说把宣传部这一方针已执行得很够的，但因初步这样做了，在群众与区村干部中，便获得不少读者。例如：冀南三地委宣联会上，好几个县都提到，《新大众》报适合区村干部的学习同需要，希望能多订些发到各村。王部长还问：是否真能看得懂？十一个县的同志一致回答：能看懂，不能看懂的也能听懂。武安城关区区长邢林魁同志，过去看报很多问题懂不下，现在看《新大众》就全懂了。根据各地群众反映，也认为：改报后内容还适合他的需要。由于这样，该报在发行上，遂由过去月刊时的八千份，增加到现时的三万五千份。发行地区也扩大了：计太行区四十一个县，太岳区三十六个县，冀鲁豫区十九个县，冀南区三十六个县；西至猗氏、万泉，北到石庄、平定，东至高唐、寿张，南至城武、获嘉，都有《新大众》报的踪迹。

二、编辑、通联、发行要结合来做。报小，机构就要灵活。该报考虑到报纸要群众化，除了努力执行宣传部规定的方针，在编辑、通联、发行上，就要尽力做到互相结合，使读者逐渐变做写稿的人；写稿的人，又是宣传者与组织者，宣传《新大众》上的材料，组织群众订阅、写稿，大家看、大家写，报纸才能群众化。比如：邮局的邮工同志，是《新大众》的发行者，同时他又是读者、写稿人、《新大众》的推销员；报社的人是写稿的，但到村里后，便帮助工作，给群众讲解土地法大纲等文件，介绍报纸（例如作家赵树理同志，编一版报，同时参加驻村土地改革工作）。现在正拟拨用宣传部去年所发文艺奖金，发动读者来写稿、提问题，供给情况。

三、向群众学习与教育群众。这是就报纸内部工作来说的。如：读者来的稿子，原来就很朴素，硬去修改，就成了编者的一个调子；但有些稿子啰唆累赘，一定又要精练，因为，通俗化不是土话多，也不是废话多。要从来稿里选中心，珍惜读者的稿子；但又要有一定的方针同计划，不惜去掉一些读者的稿子。

该报负责人最后谈：《新大众》报是直接同群众和区村干部见面的，发行份数越多责任越大。他们深感力不胜任，希望各地领导土地改革的党委，与参加土地改革的同志，和各地群众，能多指示与帮助。

（1948年3月16日）

苏俄预算超过战前一倍　大量增加社会文化费

【新华社陕北十六日电】莫斯科讯：俄罗斯联邦最高苏维埃第二届大会，十一日在克里姆林宫开幕。莫洛托夫、伏罗希洛夫、贝利亚、卡冈诺维奇、米高扬、日丹诺夫、马林科夫、什维尔尼克等，在热烈欢呼中步入会场。大会主要议程为讨论一九四八年预算案。财长萨夫郎诺夫报告战后五年计划的第三年度财政计划，指出今年工业生产总额和主要农作物的收成，将大大超过战前水平。这造成了增加预算的条件。一九四八年预算草案中规定岁收岁出都在四百九十亿以上，几乎超过战前预算的一倍。财长分析预算的用途时说：充作国民经济费用的，有九十二亿八千四百万卢布；充作社会和文化费用的，有三百四十五亿七千万卢布，教育费是最大的一笔，比去年增加了十五亿一千五百万卢布，卫生经费则增加了十亿三千六百万卢布。当天《真理报》发表社论说："资本主义国家的预算大部分是军费和官僚机构行政费，而社会主义国家预算则在于决定发展国家经济文化的途径和步调。社会文化开支的增加，反映出布尔什维克党的政策的目的，在于增进劳动人民的幸福。"

（1948 年 3 月 18 日）

北平无报　全市报业工人罢工

【新华社陕北十五日电】据各方消息：北平全市廿家报业工人因要求改善待遇为资方拒绝，于十二日起全体举行罢工。十三日除有一家小报出版外，余均无报。劳资各方现正谈判中。

（1948 年 3 月 20 日）

苏联名作家爱伦堡著文纪念巴黎公社

【新华社陕北二十一日电】莫斯科讯：三月十八日为巴黎公社七十七周年纪念，《真理报》刊载名作家爱伦堡一文，表示纪念。爱氏写道：当整个法兰西处在敌人的铁蹄下，当纳粹野兽践踏着巴黎神圣的土地时，是我国人民拯救了巴黎公社的旗帜，使其不为德寇所沾污；是莫斯科的保卫者保卫了巴黎人民的尊严。对于我们，法兰西既不是市场或原料，亦不是军事基地或雇佣兵。对于我们，法兰西只是巴黎公社的国家，我们深知它将获得胜利！（按一八七一年三月十八日巴黎无产阶级曾举起义旗，内抗凡尔赛的卖国贼，外抗俾斯麦德寇的入侵，在世界史上第一次建立起无产阶级专政的国家。在内外敌人夹击下，英勇的巴黎公社曾支持四十七天之久，为法国的及世界的无产阶级写了光荣灿烂的一页。）

（1948 年 3 月 23 日）

本报为颁发新闻奖金征集土改工作典型报道通知

去年中央局宣传部×予本报二十八万元奖金，发起新闻通讯征奖，曾得到广大读者与通讯员同志响应。但因评选标准不严，没有继续下去。

我区整党、民主与填补运动，已经先后开始，迅速总结具体经验，传播推广，极为重要。本报为响应毛主席三月十二日号召，接中央局宣传部指示，特重新发起典型新闻报道征稿运动，希望各地参加整党、民主、填补运动的工作团负责同志和全体通讯员同志，在工作中"注意搜集和传播经过选择的典型性的经验""总结具体的经验，向群众迅速传播这些经验，使正确的获得推广，错误的不致重犯"。

在组织这种报道时，应发扬实事求是、调查研究精神。根据工作中的特点，提供具体环境下的具体经验（不论成功与失败的），并以群众的思想要求为基础，反映出领导方针与群众要求结合的曲折过程。写作时希注意具体，避免空洞抽象的"提高"，从群众的思想自觉过程的反映中说明和解决问题，使我们的新闻报道能真正发挥典型示范作用，使缺乏这些经验的同志能够得到下手的方法。

我们欢迎各地工作团同志，有计划地为本报写稿。一经披露，在运动中经事实证明确系宝贵经验，为领导机关及广大群众所赞扬者，在一定时期后，即由本报组织评奖，特等二万元、甲等一万元、乙等五千元、丙等三千元。第一期自本月起至七月十五日止。

本报通联科

（1948 年 3 月 29 日）

武安八区想办法　叫各村能按期看报

榜存　建德　路英　士贤　修身　庚辰

【本报消息】土地法大纲公布后，邮工们情绪很高，加快党报发行速度，使党报能很快深入群众。林县临淇邮站邮工自动提出改变班期，每天中午十二点接到林县报纸邮件后，马上出发，天黑赶到黄水口站，第二天上午十点钟就返回本站，这样使黄水口站出发辉县三、四区和新乡也能当天返回（过去总是误两天）。修武局也由夜班改成白天班了。这样改变结果，太行四、五分区邮件报纸的传送，整个加快一天速度。现每人都订出三月份工作计划，保证速度经常，争取赛过车班。平顺五区乡村邮线从九月间改进整理后,节省了民力,同时邮件由区到村缩短两天时间。但有些地方对发行党报工作仍抓得不紧而形成自流。武安八区四十八个村中,据二月份统计,有四十六个村都订有报纸,在报纸深入群众后影响也极大,如上泉、南庄村离区较近,每天能收到报纸,村里虽没有能看通报的人,但干部们你认几个我认几个集起来就看懂了,并把关于土地法问答讲给群众听,编成戏演给大家看,群众懂了土地法精神,一过年初二三就往地里送开粪了。有些村子不能经常看到报纸,摸不着"土地法大纲"到底是怎回事,如东万年等不少村子,有不少贫中农及多占果实的干部等待平分不安心生产。全区五个通讯员,全由本区群众供给,但群众却常常不能按期看报,虽定为隔日班送报纸文件,也未切实执行,通讯员愿送就送,不愿送就五、六天才送一次,群众向通讯员建议也仍无效。过旧历年和十五,五个通讯员就有四个回家,报纸拨群众去送。区救联会主席为加强党报发行,根据情况提出:一、为服务抽补,自三月起改为逐日送,报纸信件亲自投交读者。二、使用送文簿,读者收到后签字或盖章,以避免捎带情形。三、争取全区四十八个村每村一份到二份报纸,并指示全区干部通讯员打通思想,把党报发行看作重要工作。

(1948年3月31日)

意大利罢工又起　全国没有报纸看

【新华社陕北三十日电】罗马讯:由于加斯贝利卖国独裁政策的结果,意劳动人民生活越益恶化,罢工运动又勃然而起。意全国印刷工人于十九日开始大罢工,要求增资百分之三十四,并宣称:不达目的不止。印刷工人罢工结果,使意大利看不到意文报章。二十六日,罢工工人愤而将梵蒂冈反动派利用其特权在罢工期间出版的机关报《罗马观察报》一万八千份，加以没收及焚毁。本月十八日，管理国库的"会计厅"主要雇员一千人举行罢工。本月份的罢工并波及邮政及电话雇员、米兰银行职员及税局雇员等，贝纳凡托（意中）、尔滨洛（意中）、萨窝那（意北）等地且发生总罢工。又讯：意银行职工会已决定于本月三十日起举行全国总罢工，要求重新制订社会保险制度及增加工资。

(1948年4月1日)

苏联各地热烈纪念高尔基八十岁诞辰

【新华社陕北二十八日电】莫斯科讯：今天是革命文豪高尔基八十岁诞辰，莫斯科、高尔基城、列宁格勒及苏联其他城市各工厂、俱乐部、教育机关，日来纷纷举行纪念会、座谈会，与高尔基生活及作品展览会。莫斯科纪念展览会系在郊外高尔基晚年卜居的住宅举行。其中陈列着他关于《苏联内战史》的手稿。在莫斯科各界二十五日举行的高尔基纪念会上，苏联科学院语言部及文学部与高尔基世界文学研究院曾以"高尔基和俄罗斯古典文学与苏联文学""高尔基与苏联人民文学"两题，检讨对高尔基作品的研究成果。五十年前高尔基在其中工作过的铁路工厂也举行了座谈会，年老的工人们回忆当年与高尔基在一起的生活，描述他的作品对他们的深刻影响。今年莫斯科将出版高尔基的作品二百万本。他的小说《母亲》即将印行第一百一十一版。十月革命三十年以来，高尔基的作品在苏联已以六十六种语言印行了四千五百万本，超过革命前三十年出版的高氏作品四十五倍。《高尔基全集》共十五卷，今年即将全部编竣问世。

(1948年4月3日)

太行区成立文物管委会

【太行消息】为了搜集与统一保管散置各地的古物、图书、美术品等，太行区文物保管委员会已正式成立，并开始办公。由吕鸿安任主任委员，赵霖任副主任委员，并规定了以下几项搜集与保管办法：（一）在组织上除行署级专设委员会外，专、县两级由各级党委宣传部与教育科共同负责，并责成专人搜集整理。（二）凡有历史价值的文物，如书籍、碑帖、古书画、古美术品、古衣冠等，均须搜集保存。（三）土改中所得或各机关团体现在保存有上述文物者，均须送交太行文物保管委员会；如已分配给群众时亦须收回，任何机关或团体个人不得破坏或据为私有。（四）各地名胜古迹、建筑物（寺庙、塔、桥梁）、古碑及富有艺术价值之寺庙、壁画、雕塑等，各地政府应责成专人负责，妥为保护，不得破坏。

（1948年4月4日）

故史迪威将军的战时日记揭露蒋匪帮祸国殃民

赞扬解放区一切都比蒋区好

【新华社陕北五日电】各方讯：纽约出版之最近一期《妇女家庭杂志》刊载已故史迪威上将之战时日记。史氏在日记中，揭发蒋匪在抗战时即积极从事内战的大阴谋，盛赞中共已成为拯救中国之唯一希望。日记分析蒋匪在抗战时期的反动政策说："蒋是一个微不足道的小人，他要负战争主要灾祸之责""蒋为了保持自己的政权，不惜把中国推入灾难的危险中"。他指出蒋匪"扣留租借物资用以打共产党，而不是用来帮助美国击溃日本"。"蒋介石抓住他所能获得的每一滴美国援助，要求给他更多的援助，然后积存起来，用以进行即将爆发的内战。"日记揭露蒋介石如何无意对日作战，以其二十余万在训练与装备方面都最优良的军队封锁中国共产党（按指陕甘宁边区），但却拒绝用一万人去协助防卫美国建造的飞机场。史氏指出："蒋介石领导的一党政府，是以党的特务机关来支持的，他不守信约，不认真作战。他看不见中国人民群众欢迎共产党，把共产党当作拯救他们摆脱苛重捐税、害民军队和戴笠特务之唯一希望。在蒋介石统治下，中国人民看见蒋所能给予人民的，只是贪婪、腐化、徇私舞弊、通货膨胀、可怖的生命的浪费和冷酷无情地抹杀人权。"（合众社）史迪威根据其在中国服务数年的亲身经验判断，肯定无论多少援助和武器都无法拯救蒋介石，他说："国民党是腐败无能、言行不符、苛捐杂税、囤积居奇、买卖黑市、对中国经济漠不关心、和敌人做生意，而中国共产党的纲领则是减低税额、减租减息、提高生产与生活标准、言行一致。"（合众社）史迪威主张在战时由共产党担负领导责任，他在一九四四年认为："中国共产党比起蒋介石的国民党来，是给人民提供了一个更好的前途。共产党地区的每一件事，都比国民党的好。""共产党军队要比国民党的更善于作战。"但是他的意见没有被罗斯福总统所采纳。据合众社三十日电：他感觉到罗斯福出卖了他，在整个日记中他都在怀疑他会什么时候被彻底出卖。他说："华盛顿进行着激烈的战斗，他就是在这战斗中被人暗箭所伤。"按史迪威将军已于一九四六年逝世，抗日战争时任蒋介石参谋长，兼中国战区美军总司令，一九四四年十月底因不满蒋匪的反动政策，被美政府调离中国战区。当其在中国时，对国民党之消极抗战、积极反共帮助日寇的罪行，曾猛予抨击，并坚持与中国共产党一致共同抗战。对中共政策表示同情，在其离职前曾派美军观察组来延，建立与中国解放区的联系。

（1948年4月7日）

战后苏联文学获卓越成就

涌现大批年轻新作家　布班诺夫等获斯大林奖金

【新华社陕北八日电】莫斯科讯：苏联部长会议日前颁发一九四七年最优秀文艺作品的斯大林奖金，内容计分小说、诗歌、戏剧、文艺批评与电影等。一等奖金十万卢布已分别奖给小说《白桦树》的作者布班诺夫，《幸福》的作者巴夫连科，《暴风雨》的作者爱伦堡；诗歌《布尔什维克集体农场》的作者格利巴契夫，《苏维埃农村旗帜飘扬》的作者尼多戈诺夫，《五月的果园》的作者索斯格拉；戏剧《伟大的力量》作者罗马舍夫，《没有前线的战争》的作者雅科布森；论文《列宁与十九世纪末二十世纪初的俄罗斯文学》的作者米拉克教授和《格利包也多夫与十二月党人》的作者尼琪金娜教授。此外，电影一等奖金已发给《西伯利亚的故事》《乡村教师》与《俄罗斯问题》的制片人、导演、演员与技术人员。

【新华社陕北八日电】莫斯科讯：苏联作家协会副总书记名作家西蒙诺夫，顷在《真理报》著文，就一九四七年斯大林文学奖金得奖各作品，论述战后苏联文学的伟大成就，指出：一九四七年是苏联文学史上杰出的一年，它在两方面表现了重大意义。第一，年轻的作家已写出了卓越的、足以与著名的老作家相比的作品。第二，伟大爱国自卫战争与向共产主义前进的战后建设，已为苏联文学家唯一的主题。苏联人民艰苦卓绝的斗争及其热情建设的堂皇画面，已由作家在其创造的艺术中得到表现。苏联文学界由于大批新人的涌现，其创作面已远较过去为广。这说明苏联文学已通过了战争的残酷考验，获得了新的生命与血液，而达到了超越过去的水平。苏维埃文学已成为人民在建设与改造我祖国的生活中日益重要的一部分。

(1948年4月10日)

《新洛阳报》创刊

【新华社豫陕鄂前线十二日电】《新洛阳报》九日在洛阳市创刊，创刊号仅半个早晨就被市民争购一空。又本社洛阳支社亦已成立，开始发稿。

(1948年4月14日)

通讯往来（第二十六号）

在这次整编运动中，各地委宣传部县委办公室，根据中央局宣联会精神，注意到对原有新闻通讯队伍的审查整顿，同时发展了大批革命职员及工农出身干部为本报担负通讯工作。截至现在为止，我们已收到各区寄来通讯员登记表一千三百五十余份，计太行六个分区八百八十人，冀南三、四地委共二百卅七人，冀鲁豫四地委一百四十人，太岳三四地委八十九人。其中太行冀南大部同志在参加土改工作团及生产工作队以后，已先后来信联系，供给民主填补运动和生产运动的材料。不少工农出身同志，在工作中"做啥写啥"，热忱为本报写稿，使我们通讯队伍增加新的力量。我们除了表示热忱欢迎之外，因本报人力有限，不能普遍联系，希发扬以往通讯报道工作经验，认真为工农当助手，提倡知识分子与工农同志结合"互助自学"运动，把报道工作向前提高一步。

目前各地土改实验地区工作正逐步深入，希参加工作团通讯员同志，积极响应本报征求土改典型报道新闻奖金写稿运动，加强调查研究，有计划地组织报道，使正确的经验得到发扬，错误的不再重犯。至于参加生产工作通讯员则请大力报道：如何扫除生产障碍、推进生产互助运动的材料。城市机关通讯员则望加强对发展工商业的报道工作。

本报通联科

（1948 年 4 月 18 日）

春耕期间不该到处唱戏

长治一、三区应检查制止

编辑同志：

今春由于干部躺倒与群众等待等思想障碍，春耕准备工作很差，土地生活摆下很多。目前各地经过思想发动后，一般打破了顾虑，开始动起来，但不少村庄又在大闹唱戏。长治三区中和与东和两村相距不足一里，中和才唱过四五天，东和又要闹唱。北仙泉一连就唱六天。这样的大闹，不但浪费财力、加重群众负担，重要的还是劳力浪费无法补偿。三四月里是各地庙会比较要多的月份，如不做必要的停止，势必影响春耕下种。我意见除有利生产的骡马农具会，可以有计划地组织外，一般的演唱，在春耕下种前应坚决停止。对不对，大家研究。

另外对演剧的内容上，也有一点意见。人民剧团四月九号晚在长治韩店村演出《李有才板话》之后，干部害怕地说：反正躲不过这一手。群众也这样反映：演这啦，谁还没有见过个打人。同时对今天的政策起了疑心。幸亏当晚有县委贾同志在场，闭幕后马上做了解释，讲明今天的政策之后，才安定下来。《李有才板话》剧本过去确实是名剧，是群众所欢迎的，可是在今天，有些内容就与政策精神不符。我建议领导剧团的同志注意，要根据当前的政策，将你们的剧目一一审查修正后再演出。

读者 段国宝

编辑同志：

今年春浅，开雷早，下霜一定也要早，群众普遍要求早种。但在长治一、三区有很多村庄对春耕工作放松，不好好组织群众生产；有些村去年互助组遗留不少问题不去解决，却忙于唱戏。农林组在本月十二日到长治一区，到过十二村庄，就有四个村在唱。如小长春、店上、杨堡、北头，南北津良寺两村也准备要唱。戏的内容大半是旧的。我们建议赶快停止唱戏，应掌握群众生产要求立即整顿互助，开展春耕下种运动。

长治农林局农林组 文辉　连相　昌盛　马琳

（1948 年 4 月 25 日）

鸣 谢 启 事

兹蒙二十三旅六十九团惠赠《义勇军进行曲》《兄妹开荒》等唱片五张，特此鸣谢。（邯郸新华广播电台）

（1948 年 5 月 1 日）

陕甘宁文艺工作者大批赶赴前线工作

【新华社西北二十四日电】陕甘宁边区大批文艺工作者即将赶赴前线，随解放军出击蒋管区。民众剧团，西北文艺工作团第一、二团，联政宣传队等已在整装待发。当去年胡匪进攻延安时，文协工作组即向陕甘一带出发，西北文艺工作团向关中出发，联政宣传队向陇东出发，民众剧团和洋片工作组亦先后出发各地。他们与地方和部队中的文艺工作者结合，以他们的创作、歌曲、图画和各种宣传品为人民服务。一年来西北文艺工作团第一团随军出演《无敌民兵》《红布条》等戏剧，辗转前线，行程达五千二百多里。第二团（原绥德文工团）在绥德分区农村中演出《双报仇》《你看我是谁》等十余个反映战争与战勤的剧本。民众剧团从战争初期中一直在部队中巡回演出最受战士欢迎的《血泪仇》《保卫和平》与《穷人恨》等剧本。洋片工作组创制了《高彦喜》《枪毙投敌罪魁》《胡匪暴行》《解放英雄》等二十多套洋片，最多的一套达四十余幅，在部队与农村群众中演唱，受到热烈欢迎。西北文艺工作团第二团给游击队演出《你看我是谁》时，没有服装，演员们就把自己身上穿的衣帽翻过来穿出场，再借助在旁的说明，帮助观众了解剧情，极端缺乏文化食粮的游击队和农村群众因而得到了鼓舞与娱乐。在紧急转移时，二团同志除自背行李外还背上汽灯、布幕等。民众剧团在羊马河战斗中，就成了担架队，抬运伤员，搬运战利品。一团在关中领导群众麦收，虽炮弹在近旁炸开也未停工。二团帮助疏散粮食，制造地雷，更实际参加战斗而缴获机枪。边区文艺工作者不论在前方后方，都受到了实际的教育和锻炼，最近又经过土改学习和短期整训，他们将以新的步伐向新区出发。

(1948年5月3日)

本报及新华总分社学习政策检查工作

【本报消息】本报及新华社晋冀鲁豫总分社，现正加紧学习中央及中央局各项政策指示，开展工作大检查，肃清报纸及通讯工作中一切的"左"倾冒险主义。检查于三日开始，编辑部门全体同志集中精力先将本报、分社报道及各区党委报纸消息，逐字逐句进行检查，然后提到政策原则上加以总结。对于提高业务水准问题，也准备作系统的研究。本月十五日是《人民日报》创刊第二周年，届时各报社各分社负责同志均将前来参加共同讨论，交换总结意见，将中央局土地会议及宣联会以后的新闻报道工作认真检查一次，端正政策思想，使全区报道工作能够严肃的贯彻中央及中央局的正确方针。

(1948年5月5日)

洛阳文教动态

（一）洛市解放后出版的第一册书是毛主席的报告《目前形势和我们的任务》。（二）解放军各剧团组织联合剧社，十七日起连续为市民公演六天，剧目有《血泪仇》《白毛女》《军民互助》《报功单》《傻瓜》等。某部文工团十一日假军民俱乐部公演《还驴》时，观众中有一位老先生感慨地说："上次中央军抓我小夫，扣了毛驴，我花了三十万元才要回来，哪里还还驴。"（三）市府文教局以原有之洛中、洛师、农艺三校为基础，成立联合中学，内设中学、师范、职业三部，现正积极筹备开学。（四）《新洛阳报》印刷工人原多在蒋匪官办报社工作，现生活改善，并已成立自己的工会，工作情绪很高。

(1948年5月6日)

征求纪念杜斌丞先生文物启事

为纪念被蒋胡匪帮惨杀的西北著名教育家及反帝反封建战线上之坚强战士杜斌丞先生,同人等特发起:

一、筹备举行杜斌丞先生追悼大会(追悼会时间地点另行通知),各地机关、学校、团体及杜先生生前友好,如有悼文、诔词、挽联等请寄至陕甘宁边区政府常黎夫收。

二、在米脂成立斌丞图书馆,募集图书,搜集先生生前珍藏图书,征求先生书信手札及各种纪念品,以资陈列,用式前徽。希望全国及各解放区各界友好,多多协助,如有惠赐,请寄米脂斌丞图书馆收。

谨启

发起人:林伯渠、习仲勋、马明方、赵寿山、杨明轩、刘景范、李敷仁、阎揆要、张德生、曹力如、张邦英、曹又参、王子宜、常黎夫、霍维德、马济川、于藻、姚警尘、杜立亭、杨和亭、贺连城、高愉庭、白治民、张哲卿、乔备果、姬伯雄、王德安、杜九如、贺辑五、艾斌卿、艾佩芝、张宏科、常紫钟

(1948年5月6日)

豫皖苏解放区新闻事业发展

【新华社苏鲁豫皖三日电】豫皖苏解放区新闻事业日益发展,现已建立有新华社豫皖苏分社及若干支社,拥有通讯员五百人以上。报纸除全区性的《雪枫报》外,尚有一分区之《前卫报》,二分区之

《群众报》《前哨报》，三分区之《反攻报》，五分区之《先锋报》《红星报》，军区之《建军报》及各部队之《团结报》《时事新闻》等共达十余种。《雪枫报》为铅印，四开四版，日发三千份。该报于前年蒋匪进攻时改为油印，战争中始终坚持蒋后新闻阵地，随军每日出刊《新闻快报》从未间断，对鼓舞军民斗志作用很大。大反攻后即开始筹备恢复铅印，该报工友在二十七天中突击铸成全部铅字，并建设了一个轻便灵活适合战斗中运动的印刷工厂，使《雪枫报》于本月二十日恢复铅印版。为迎接五一，该厂计划提高生产三分之二。

（1948年5月8日）

潍坊成立特别市　《新潍坊报》于五一创刊

【新华社华东七日电】潍（县）坊（子）特别市民主市政府，已于四月二十九日正式成立。市长姚仲明当日到职视事。该市府辖县城、东关、南关、北关、坊子、朋留六个区，拥有人口约四十万。按潍县、坊子为胶济沿线经济中心之一，以工矿业发达著称。山东省民主政府为发展工商，繁荣经济，故特将潍坊及附近一部农村划为特别市区。

【新华社华东七日电】潍坊特别市《新潍坊报》，已于五一节创刊，新华社潍坊支社亦同时成立，现已开始发稿。

（1948年5月9日）

苏联庆祝出版节　全国现有报纸七千家

【新华社陕北八日电】莫斯科讯：五月五日为苏联出版节，亦是

《真理报》出版三十六周年纪念日。全苏出版界热烈庆祝。塔斯社于是日发表统计说：现全苏有中央和地方报纸七千家，总发行额达三千一百万份，以苏联国内八十种民族语言（其中二十个民族在革命前还没有自己的文字）出版。"苏联报纸的巨大增加，最生动地证明了社会主义的民主与真正的新闻自由"（塔斯社）。去年书报刊物的总销路为一九一三年的五倍，为一九四〇年的二倍。三十年来共出版了八十八万九千种书籍，计一百一十五亿册。二十年来共印行文学创作七万种，计十余亿册，其中三分之一是属于俄罗斯以外各民族的作家著作。苏联特别注意年青一代的教育，教科书占苏联全部出版物的四分之一。

【新华社陕北八日电】莫斯科讯：据苏联图书出版局统计，去年苏联出版三万种书籍，共印行了五亿册以上，比前年多了一亿册。小说的出版特别多，现代苏联和外国作家的著作以及世界古典著作，出版了一亿一千一百万本。在苏联作家的著作中，法捷耶夫的小说《青年近卫军》销路最广，已发行到七版，总数在一百万本以上。获得斯大林奖金的爱伦堡的《暴风雨》，被认为一九四七年小说中的杰作，也发行了好几版。各种科学的著作出版了一亿本。农业著作比前几年大增，其中有集体农庄积极分子工作经验。去年出版了一千种儿童读物，共印行四千万册。

（1948年5月10日）

本 报 启 事（四）[①]

◇今日为本报创刊二周年，放假一天，十六日无报，十七日照常

[①] 本文原题为《本报启事》，因书中与其他标题同名，故改为《本报启事（四）》。

出版。

◇本报全体工作同志在党报创刊二周年之际，检讨各部门的工作；敬祈各界及读者本爱护党报之热忱，对本报编辑、通讯、发行、印刷等方面，多多提出意见，以便改进工作。

◇在各地读者、通讯员、邮工同志热心帮助下，本报业务日有进展，谨在此向大家致敬！党报是人民的报纸，希望大家今后本着全党办报、群众办报的精神继续帮助并督促我们。

（1948年5月15日）

本报印刷厂总结一年工作

印刷技术正不断提高　出版过程已大大缩短

本报印刷厂最近总结一年来的工作。由于全体职工同志的努力，在培养教育工人，提高印刷技术，缩短出版过程，减低生产成本上都有不少收获及经验。具体表现在：

（一）报纸发行数量，虽较一年前增加了一倍多，而职工人员则较前增添不到一倍。工厂的生产人员和管理人员的比例为十比一，做到了精简合理的人力组织，减缩了不必要的开支，使印刷成本虽在物价的不断上升中，保持了平衡的成本数字。为了减低成本，工人们以增加工作时间来完成一定的任务。如在出四个版时，好多部门工作都在十二小时以至十六小时。

（二）在技术的提高方面，从工作效率上看，机器部上版时间现在只需二十分钟左右，与过去比较，缩短了三十分到四十分钟。排字部拼版时间，三等三级工人常和英拼第一版平均时间为三十四分钟，崔峰秀拼第二版平均时间为一点又十六分钟，都较前缩短时间一半。

从工作质量上看，排字部曹有林、李耀唐、赵铁柱、张庆德等同志排草稿初校错字为千分之一至二点五，一般练习生也能做到不超过千分之七。打版部平均一张毛边纸型可浇版八块，最近该部工人田中元、田治文等又创一张纸型浇十三块铅版之最高纪录。这些收获的取得，主要是由于执行了各部门的质量检查制度，出版过程考核制以及奖励与赔偿制度等的结果。一年来，并培养与教育了新生工人四十六人。

（三）一年来，在职工的教育方面，对一些消极怠工、破坏工具、破坏生产等坏现象做了斗争。在整编学习中，不仅限于单纯地反对地富思想的狭小圈子，而主要的是有重点地清算了各种非无产阶级的思想和作风。如对职工同志起腐蚀作用的自由主义、经济观点、技术保守、闹名位、忘本思想、工头作风与流氓习气等。学习以后的工厂，表现了新的气象，有不少同志很快加入了党的组织，普遍地提高了阶级自觉，发挥了工作积极性。比如报纸提前出版一天的号召，就是在大家研究克服困难下完成的。

（四）在学习了"二七"社论后，工厂组织了管理委员会，由正副厂长、职工会主任、支书等组成。管理委员会定期开会报告与检讨党政工各方面的工作，作出统一的布置，分别在厂务会议、支部委员会、职工委员会中贯彻执行。这样使全厂工作步骤获得一致，并因此健全了领导。

另外也还有些缺点：在工厂中存在着工资制度的平均主义，强调了生活的平等待遇，发生该高不高、该低不低的毛病，使工资制度没有起了应有的刺激生产，提高技术的作用。其次，在实行检查、登记、奖惩制度中，有时候缺乏认真的督促及注意考核，因此产生了应付的现象，对工作反而起了不好的作用。此外，职工同志还缺乏虚心学习的精神，不能很好地从各方面打破自己固定的技术圈子，表现保守、对付及技术上的迁就等现象，还没有完全加以克服。印刷质量的提高、错字的消灭，也还停留在一定的水平上。不过，大家都逐渐觉悟到党报是全区人民的报纸，也就是自己的报纸，正克服一切困难，为"出版得更快，印刷得更好，与成本的减低"而努力。

（1948年5月15日）

本报发行工作日益加强

建立精确计算与科学管理制度

发行份数送报速度一年来增加一倍多

一年来，本报的发行数量，由去年五月一万一千二百四十三份，到今年五月发展到二万五千三百二十九份。分区域统计：从去年五月到今年五月，太行由七八七二份增到八四〇二份，冀南由二二三五份增到七八八八份，太岳由一〇七二份增到五四一〇份，冀鲁豫由六四份增到三四三一份，外区发行数量为一九八份。在发行区域上，去年五月份至今年四月份，全区由一百零一个县增加到一百七十三个县。其中太行由四十一个县增加到四十二个县（占全区百分之百），冀南由三十五个县增加到四十三个县，太岳由二十三个县增加到四十个县（其中豫西二个县），冀鲁豫由二个县增加到四十八个县（外区晋绥、冀中、晋察冀等未计算）。

由于邮局方面的努力，对党报发行任务的重视，想尽各种办法增加送报速度，加强报纸发行工作。如添设夜班，发动邮工进行增快速度运动，建立奖励制度，添设运输工具，进行乡邮建设等，并在交通厅的帮助下利用火车汽车等近代化交通工具，使一年来报纸的寄送速度增加了一倍以上。去年到长治四天，晋城九天，邯郸两天，临清七天；今年到长治则只用两天，晋城四天，邯郸、临清、威县、永年、沙河、邢台等十八个县份当天即能看到报纸。

在发行科内部工作方面，根据工作发展进步改进并重新建立各种登记及统计制度，制订各种表册，避免过去在发行上的各种障碍及错误。（发报股及业务股表册共有二十多种，有每日发报份数统计表、每日发报时间统计表、差错统计表、发行调查统计表、送报簿、发致簿、发行对象统计表、发报通知单、每月发行营业状况表、每月营业试算表、发报逐日统计表、预订登记簿、来信登记簿、合订本及零售报纸通知单、订报月报表、报费存欠月报表、报费存欠分户账、订报逐日合计表、发行分县分区统计表、发信邮资登记表、干线局站里程调查表等。）如业务股过去在会计上账簿科目不够健全，根据业务发展，适当的重新确定账簿科目。为了读者订报方便，报费按实发数计算。发报股为了提高工作效率，消灭写错报皮现象，改用报签，使写错报皮、邮局无法转递的现象不再发生；并为了克服中途报皮损坏、报签脱落、报纸无法转递而退回的现象，采取了双份报签办法。发报实行分工组织，原来一天四人发六千多份，需时整日，赶不上邮局班次时间，后改为东西两线分发，配合邮局班次时间，定为早晚两批分发，使发报时间缩短两个钟头，使赶不上邮局班次的现象逐步减少。从五月后邮局发展提高速度运动，我们即与邮局竞赛缩短时间，赶不上邮局班次的现象就完全消灭了。在与邮局的互相联系上，也比过去大大加强，邮局开会我们不断参加，听取邮局对我们的意见来改进我们的工作。在时间变动、增加报纸数量、增加报价等方面，都与邮局取得一致意见，或共同发联合通知，在报纸发行上取得一致行动。加以发行科干部自三查学习以后，克服了过去认为发行工作没有前途的思想，消除了不安心工作的现象，加强了工作责任心，使我们的发行工作能逐步开展起来。

（1948年5月15日）

《新大众》报四个月

《新大众》报已经出版了四个月。这四个月里，到底有哪些经验？这问题还很难回答。不错，从各个版来讲，在工作里也摸着一点方法，比如：时事消息，起初，大半是照《人民日报》的新闻，一条条来改写。后来觉着不行，一般区村干部同志，虽不能把《人民日报》的新闻，完全懂下，大意是知道的，我们再改写一遍，等于是把他已经知道的再告诉他，没有多少意思。才逐渐变换写法，有计划地来介绍战况、国内国外大事，写得比较有头有尾，使新闻系统化。有时，还把一般时事常识同新闻结合着来写。这种写法，现在看来，对我们的读者是比较合适的。他们缺乏的，正是各种常识，由于一个名词、一个地名不了解，往往不能把一条新闻全懂下。又比如：第三版里，把读者寄来的零碎材料，编辑成为意见、信箱、自修室等栏，随着稿子内容的不同，增加各种各样的专栏，使版面多样化；同时，扩大读者的写作范围。但这些方法，是不是就能介绍出来当作经验，我们还捉摸不定。我想了一想，如果真要说经验的话，恐怕得从工作做坏了的地方去找，下面便从头来叙一叙。

一、把党的政策传达给群众

《新大众》报第一张，就是宣传土地法大纲和中央局土地会议后的各种文件。接着是宣传毛主席《目前形势与我们的任务》的报告，中央与中央局填补、整党、民主的指示。如今是宣传毛主席在晋绥的讲话和中央局纠正"左"倾错误的指示。四个月来，向群众宣传党的政策，成了《新大众》报的主要内容，一切新闻、文章、问答、信箱、快板等等，都是围绕着这个主要内容来写的。这个主要工作，现在检讨，有的地方做得很不好，原因是：编辑者过去阶级观点模糊，整党以后，又歪在另一面，带着"左"倾情绪，来学习党的政策，以致宣传土地会议文件时，把握不住精神，解释起来容易弄歪，如像改写的告党员书等。对各处情况、工作，又缺乏了解，只是盲目强调贫雇，更不能把党的政策同具体情况相结合了。工作没做好，从检讨里就给了我们这一条教训：《新大众》报因为以宣传解释党的政策为主，所以得着群众拥护，正因为它要把许多政策改写来使群众都懂得，如果不好好研究，用心掌握政策的精神，就容易出错。一个直接向群众说话的，目前销数将近五万份的报纸，解释政策上出了错，错误就大得很。从这一点上，使我们觉着：《新大众》的通俗化，不是别的，就是正确宣传党的政策，说出来不走样，使人人都懂得政策的精神，按照它来办事。下面的例子，可以做说明：

根据太行《新华日报》的反映，太行涉县、沙河一些村里，因为去年三查时追三代、掂都芦，和去年冬天，没有工作团领导就成立贫农团，乱定成分，错斗中农，以致今年生产时，大家情绪都不高。中央局二月一日指示公布后，《新大众》报把这指示里的划阶级、团结中农问题，一个个提出来作了具体解释，《必须细致划阶级》这篇文章，在这些村子里，起了相当的作用。这些村里的中农，原来认为成分就难干，划不准是个啥，总是不放心的；大家念了这篇文章，情绪就慢慢安定下来。同样，在冀南肥乡这些地方，我们的记者，给群众念了宣传土地法的文章，群众听完，就要求把这张报留下，他们说："这就有了底，留下来，以后就好照这底办事。"念了划阶级的文章，群众听说是中央定下的，都要照着做。就说："这可好了，过去来的工作员，一人一个尺子，咱也弄不清；如今都按毛主席给的尺子做，老百姓也懂得，就不会出错了。"诸如此类的例子，说明群众要求要掌握党的政策。原来指示的内容多，他们记不了，要求一个一个问题讲；指示里有些地方懂不下，要求具体解释。《新大众》是按照这样来做的，所以，不仅是销路增多了，三个月内，从不到一万份，增加到将近五万份；许多群众、区村干部，更把它当作"底"，按照报上说的去办事。

二、把群众的问题收集上来

《新大众》报是个群众报纸，既是一个群众报纸，就应该有广大群众同报纸声气相通，把他们的问题，随时反映出来。在这方面，我们也有过曲折。

《新大众》报出版时，由于我们盲目的"左"倾情绪，认为过去《新大众》杂志的通讯员都不可靠，想一脚踢开"老组织"，去培养所谓贫雇骨干；后来，在通讯员里，作了一下调查，原来，过去的通讯员，绝大部分都是劳动农民出身，都是工农通讯员。在调查表里，通讯员们，详细叙述了他们的出身、成分，还详细叙述了他们工作或住的村子，几年来翻身的情况。从这些情况里，可以看出：在太行老区里，封建基本上消灭了，干部成分，一般讲都不错，就是多占果实，作风不民主。由于有这些调查，把我们最初认为各村都是漆黑一团的情绪，逐渐扭转过来。以后，中央局指示下来，也证实了这些调查是可靠的。我们因此想道：许多读者、通讯员，对报纸很热心，就是一时不会写稿。过去我们硬要他们写，出题目、发提纲，一时写不好，又把他们冷落下来，使这一大部分读者、通讯员，往往不能和报纸声气相通，各村的情况，群众中的问题，不能更多地到我们手里。通联工作上，对通讯员要给得多要得少，但少不是说没有。如何使读者、通讯员都能供给情况，一个政策下来以后，向读者作一些调查，首先向通讯员作一些调查，就有必要了。

除开新闻稿子与向读者作调查，我们现在了解情况的最大一个来源,就是"有问必答"。四月份,我们每天平均收到八十封信,这里面有三分之一,甚至二分之一是问题。这些问题,内容很丰富,往往能提出一些新的情况,使我们及时注意各地的疾苦。另外,党的一个指示下来,区村干部在执行时有什么困难,群众中还有什么疑惑,从读者提的问题里,也可以有更多的了解。甚至一个时候,哪一件事情在群众中造成不安,我们收到的问题便以这一类为最多。由于报纸篇幅有限,许多问题没法刊出。现在,我们正尽量用信来答复,以便所有读者,都能把他们的疑难告诉给报纸。我们觉得:只有更多地了解情况,才能更好地来执行党的政策。广大的读者,正是我们了解情况的源泉。如何使他们随时把群众中的疾苦、群众中的问题,写出来寄给我们,除了新闻稿,我们还只做了上面所说的这两点。

三、大家看,大家办

总起来说,四个月的工作里,我们只摸着了这一条:了解情况,根据群众要求去传达解释政策。这一步,如今也还没有做好。至于第二步,把新的群众意见集中起来,坚持贯彻政策,就更差得远了。要把这两步工作做好,今后,除了多请示中央局宣传部,加强研究,以免在政策上出错;还要用力来解决问题,就是"大家看,大家办"了。过去,我们只是想做好通联工作,使读者都来写稿,这一点是重要的,但还不能说就做够了。这次《新大众》报出版,短时期内能发行这样多,原因之一,就是邮政局的职工,参加来办了报。从邮政总局苏幼依同志起,到各区各县的邮局职工们,都做了《新大众》的发行者和宣传者。据读者反映,林县邮局的邮工同志,自己带着粉笔,一面送报,一面到处写黑板,宣传《新大众》的好处。不少邮工,送报时还调查材料,收集读者意见,写给报纸。按照我们今天来稿统计,每月写稿的人数,最多不过两千人,拿我们五万读者作比例,数目是很少的。如果,我们所有的读者,在党的一个政策下去了以后,就能把各地执行政策的情况,及时告诉我们,像邮工同志一样,和报纸息息相关,我们想:《新大众》报,才真正称得起群众报。如今我们的编辑、通联工作,就正向这方面来做。

(1948年5月15日)

苏联新闻工作者集会欢庆出版节

【新华社陕北九日电】莫斯科讯:苏联新闻工作者于五日聚集此间职工会大厦,欢庆出版节。联共中央委员会宣传鼓动部助理部长伊利契夫在会上作报告,指出列宁和斯大林创办的布尔塞维克新闻事业,在苏联人民的革命斗争中起了伟大作用。他说:"我们新闻工作的特点,即群众性、真实性以及与人民的联系,这是由于它的性质决定的。我们消息中相当大的部分用于报道组织与发展全国性社会主义竞赛,争取四年完成战后五年计划。"他强调指出:"批评应当成为布尔塞维克新闻事业不可分离和永远使用的武器。"

【新华社陕北九日电】莫斯科讯:《劳动报》在五日苏联出版节社论中指出:斯大林称苏维埃报纸是我们党最尖锐最有力的武器,无论在国内外,苏维埃报纸的言论都很受重视并很有权威。苏维埃报纸无情地撕下战争贩子的假面具,坚决而英勇地为持久的民主和平及大小国家的平等而斗争。世界各国的成千百万老百姓衷心欢迎苏维埃报纸的呼声,因为它反映了指示人类走向幸福前途的共产主义理想的伟大真理。苏维埃报纸在人民中有深厚的根基,它真正反映了劳动人民的切身利益,并忠实地为它服务,因此苏维埃工人、农民与知识分子对苏维埃报纸非常热爱及注意。在资本主义国家中没有也不可能有这样的报纸与这样的人民与报纸之间的关系。因为资本主义国家中的报章、通讯及宣传工具都操纵在财政及工业寡头手中，同时他们办报的目的是要在精神上瓦解劳动人民与造成资本家利润的来源。

（1948年5月15日）

发展城市通讯员

全区各中小城市均在开始着手执行中央局的工商业指示。不少地方市场活跃，商民兴奋，取得很好成绩；也有些地方在检查，尚未采取积极步骤，有待于今后更加努力。但无论在哪个地方，报纸已成了广大市民、工商业者以及城市各级干部极其关心极其爱好的精神食粮，看报已成了群众一个良好的政治习惯，这是一个极好的现象。现在应该提高一步，从大家看报提高到大家办报。要求大家都来当党报的通讯员，报道各个城市执行保护工商业的具体情形，反映城市人民生活和要求，提出对执行政策的意见及各种具体问题。如有个人在当地解决不了的问题，还可以提到本报呼声栏，我们当竭诚予以帮助。我们希望各级干部都在坚决执行党的城市政策中当一个好通讯员，做人民喉舌，做群众同党通气的桥梁，认真发扬经验，纠正错误。同时，我们要求城市内一切自由职业者、工商业者、劳动人民都来把你的意见，自由地在报纸上加以表述，展开一个对执行中央局工商业指示、繁荣经济市场、建设民主城市的讨论。我们的报纸首先向你们致热烈欢迎之意，并祝你们努力。

（1948年5月17日）

学校的贫雇小组要坚决取消

　　临城垂统同志对该县教育工作提供的意见，这意见在其他县份也同样值得注意研究，特介绍如下。

——编者

　　最近看了几个学校的汇报，和在下边看到一些情况，感到目前我县学校教育上存在几个问题，需要提出来和大家研究。

儿童上学校认不下字群众不满

　　一、群众普遍反映，小孩整天在校里认不下多少字，把工夫都白费了。从这种反映看，说明今天我们的学校教育，还满足不了群众的文化要求。过去我们的学校教育，一贯地强调服务中心工作，很多学校的儿童，经常参加中心工作活动，组织社会活动；再加教员对儿童文化学习抓得不紧，在一定的时间又需要儿童结合家庭生产，这一系列的情况，就大大影响了儿童的课业学习，结果使得他们的文化不能得到应有的提高。我们国民教育的目的，本来是为了培养群众的子弟，增进他们的文化知识，逐步地达到扫除文盲的目的。同时在儿童时代，又是学习的黄金时代，智慧灵敏，学得快记得准。所以我们建议教员同志们，必须明确学校主要是培养和提高儿童文化水平的地方，应想一切办法来组织学生学习文化。不必要的社会活动和生产活动，尽量少参加，或者不参加。不这样，就不能提高儿童的文化水平。

　　二、关于学校里的阶级路线问题，普遍存在着两种不正当的现象。一种是：上级提出要有坚定的阶级路线，注意培养农民的子弟，于是某些教员在思想上蹑手蹑脚，光怕走不了阶级路线，所以过去学校中一些孤立的贫雇学生组织，仍然存在。于是就追随着这些组织的尾巴，学生要求什么就搞什么，领导上没有正确的主见。如一高的翻身队，北盅石的被斗户学生至今还戴着被斗臂章，还有些学校仍然存在着管制被斗户学生的现象。有的教员为了自己走阶级路线，又单独组织了另一种新的贫雇学生组织，如南寨校又组织了学生的贫雇委员会，梁村校组织了"贫雇儿童学习委员会"和几个"贫雇儿童学习小组"等等。这些都是不妥当的。另一种是：有些教员抛弃大多数学生的学习不管，单独培养几个地主子弟。如澄底校把一个文化较高的地主学生，单独设一班去下功夫教，影响了广大多数学生的学习，这样就走到另一个偏向。这两种现象，都是不对的。我们的教学观点必须明确，路线必须坚定，必须从农民的长远利益来着想。对被斗地主富农子弟不能排挤，要采取改造和教育的方针，让他同样来受教育，和农民一道走。经过教育改造以后，他并不会去继承封建势力。所以在学校里不应该组织贫雇学生委员会、贫雇小组等一切组织，应成为全体学生性的组织。

（1948年5月18日）

把挤回家的知识分子动员出来吧

编辑同志：

在中央局指示纠正"左"倾冒险主义总的精神下，我觉得在教育工作上，也该开始纠正左的偏向，并应迅速转变，有效地去开展教育工作。有些地方在去年挤封建运动中，把大批在乡知识分子及一些老教员认为封建或特务嫌疑分子，挤出学校，回家种地；代替他们的是一批翻身的老实农民，一般的文化程度都很低，读不下报，算不成账，没有办学校的经验。因之在工作中群众反映，说儿童在校中识不上字，又不能帮助村中推进文化事业（如讲报、写大众黑板等）。教员本身也很苦恼。群众主动提出要解聘，个别村甚至不通过政府成立小型私塾，私自聘请有文化的教员。我想这样继续下去，教育工作要受到严重损失，耽误一大批儿童的学业。最近很多文件上都谈到团结知识分子，我想那批去年被挤回家的知识分子，政府应立即动员他们继续从事教育工作，不应再犹豫不决。等填补运动后再去作这工作，将会使工作继续受到损失，继续脱离群众。

读者 韩北生

编者意见：北生同志这个意见，是当前教育工作中一个重要问题。去年土改中错误清洗回村的知识分子、教员，应该让他们出来参加工作。任弼时同志报告中说："现在农村中还有许多地主富农家庭出身的知识分子没事做，我们应想法争取改造他们。只要他们表示愿意服从民主政府法令，特别是土地法，不反对共产党的政策，愿为人民服务，不进行破坏活动，如有违法行为甘受政府法律制裁，就可让他们出来工作……同时，更要注意培养工农出身的知识分子。"各地政府根据这个精神，一方面应坚决纠正过去盲目排斥一切与封建制度有联系的知识分子的"左"倾错误，吸收他们出来重新参加工作；另一方面对工农知识分子的培养，也应经常注意。

（1948年5月18日）

武安教员组织通讯小组

武安教育科 文珊

【武安消息】武安在这次高初小教员会议上，发起了组织通讯运动，全县共组织了五十六个通讯小组，参加通讯小组的高初小教职员共五百零一人，每人都订了争取每月写两篇到三篇稿子的计划。阳邑基点通讯小组提出写稿要写村上的实际事情，写完以后再给群众念一遍；并提出，报上不登也不灰心。八区成立了"互助小组"，写好稿子互相修改。写稿大家都认识了不但是推动工作，对自己也有很大好处。

（1948年5月21日）

东 北 文 化

◇《毛泽东选集》已于"五四"纪念日发行。该书为二十三开本，纸张全系解放区所精造，布面锻金，有钢刻毛泽东同志侧面像，装潢美丽，印刷精良。全书一千页八十五万余言，共分六卷，包括毛泽东同志著作五十篇。

◇《民主东北》第五辑已在哈市首次放映，新闻片有《建设简报》，军事方面有《公主屯大捷》及《解放四平》等。延安光复的捷报传来，电影制片厂赶制的号外新闻《还我延安》同时在本辑内放映。

◇文物保管委员会近收到大批历史珍品，其中有宋砚一方，为岳武穆之遗物；阿城县白城（金之故都，上京会宁府）出土之金代遗物、佛像、钱币、锅盆等，对历史研究价值极大。清宫宝藏之五代、宋、元画卷，明文徵明、唐寅诸人真迹，并有清乾隆时代之珍藏苏州繁华图，宋、元之陶瓷等。历代金石碑拓尤多。东北图书馆亦先后收得重要图书数万种，宋元珍本甚多，该馆已专辟善本室保藏。

(1948年5月23日)

鄂豫皖野战分社副社长谢文耀同志光荣牺牲

【新华社陕北二十二日电】本社鄂豫皖野战分社副社长谢文耀同志，于工作中光荣殉职。文耀同志于去年十二月间奉命建立鄂豫解放区地方新闻事业，并离开野战部队暂时在某村参加土改工作，与当地群众亲如骨肉，因此深为国民党匪军忌恨。二月十三日蒋匪"扫荡"该地时，文耀同志即与当地群众坚持斗争。同月十五日，回驻村工作时，不幸被附近匪军与地主武装包围，文耀同志当即英勇抗击，不幸弹中腰部被俘，坚贞不屈，光荣牺牲。当地群众惊闻噩耗，莫不悲愤。中原新闻界全体同志尤表痛悼。总社特电分社致唁，并慰勉中原诸新闻工作同志继承文耀同志遗志，化悲痛为力量，继续为创建江淮河汉间革命新闻事业而奋斗。文耀同志湖北汉川县人，今年三十二岁，共产党员，抗日战争中曾任中原解放区《七七日报》副社长。革命战争开始后，随新四军第五师突围北上。去夏解放军发动大反攻时，任鄂豫皖野战分社副社长，随刘邓大军南征，参加创立大别山根据地工作，一贯积极负责，待人和蔼可亲，夙为同志同事所敬爱。文耀同志爱人刘健同志现携幼子在总社工作，总社已予慰问并妥为抚恤。又：中原前线摄影记者刘保章同志于本月上旬二次攻克邓县战斗中光荣殉职。战斗开始时，刘即深入火线摄影采访，积极为战地团报写稿,并参加突击连队帮助鼓动动员工作。八日下午总攻开始时,刘保章同志随第一梯队进攻,不幸于突破口前沿负重伤牺牲。总社已驰电悼唁。

(1948 年 5 月 24 日)

常平村想办法推动下种　建立广播台黑板报

常平村通讯组 宋志英

【壶关消息】一区常平村,为了提前完成下种,春耕委员会组长等在十七日夜开会,发现生产中出现些劳动模范和一些生产经验没有及时推动交流,各队、组的生产程度、下种情况也互不了解。大家一致提出把去冬的宣传股重新整顿一下,各队有些材料收集上广播登大众黑板,推动工作。大家信心很高,都愿参加宣传股,自动报了十八名组成宣传通讯组,并讨论定出了会议制度和办法:一、三天开会一次(隔一夜),来时带些生产材料和耕作数目。二、会议中交流生产进度和经验、各种模范等,大家听后评判,择取好的编辑员负责编,写作员登在黑板上,广播员即广播,收集员随时听反映反复表扬。三、每五天总结一次,写成材料,汇报工作小区和区政府,或写成稿子以便交流经验。这样大家情绪更高,按时都来了,人齐时读报,如平保顺说:"又听了报上的好消息,又了解咱村哪队、组生产好。"全村男女老少儿童正在突击趁墒下种。

(1948 年 5 月 26 日)

纽约市民示威游行抗议反苏影片上演

【新华社陕北二十三日电】塔斯社纽约讯：美国广大进步群众对美国影院上演反苏的捏造影片《铁幕》一事，表示强烈的愤怒与抗议。纽约市民万人于十一日冲破警察的种种非法镇压，举行了大规模的示威游行，示威者散发成千张传单，呼吁人民抑制上演该片的电影院；同时纽约各进步团体每日均在上演该片的"罗基西"影院周围布置纠察线，散发成万张谴责该片的传单。该片在克利夫兰、芝加哥等地演出时，亦遭遇同样的抗议。

（1948 年 5 月 27 日）

名作家欧阳山长篇创作——《高乾大》现已出版

这是名作家欧阳山在解放区写的第一部长篇小说。现有本店初版发行。

本书系写模范解放区陕甘宁边区，在土地改革后，进行第二个革命——发展生产时，组织合作社的道路。高乾大（合作社的副经理，土地革命的战士）坚持毛主席的处处为群众打算、把群众利益放在第一位的群众路线，和官僚主义、破坏分子作艰难与复杂的斗争，结果得到胜利。

在目前土地改革与今后发展生产时，高乾大都是我们学习的对象。学习他的群众作风，学习他坚持走群众路线的斗争性……故每个干部，都应一读此书。

华北新华书店发行

（1948 年 5 月 29 日）

临漳成弯集唱戏为何乱向小商贩捐钱？

编辑同志：

　　临漳四区成弯集阴历三月二十日会上唱落子戏，戏价十八万元，据反映不叫派款，村干民兵就让小生意人捐钱唱戏。三百的、五百的，多少都出钱。不出钱就不能在那里干买卖。有的屁股后边押着盒子枪、抵把枪等，有的空着手拿着账本到处要钱。魏县二区北皋南街一个贫农推着小车卖盐，被逼着叫摊五百元，并说："不出钱就不能干买卖。"最后给了百五十元才算过了关。另一个叫徐庆的，在被逼摊钱时，他说："我没看戏，也不摊戏价。"他们说："你不出钱就得走，不能在这里卖。"吵了一顿，结果出了一百元。魏县二区北皋南街共去了十三个卖盐的，只有一人没出钱。

　　我看这是欺诳群众，望该坐村同志及村干检查纠正。

读者　高弥

（1948年5月30日）

东北新华广播电台五月廿八日起正式播音

　　东北新华广播电台决定于五月二十八日哈尔滨市五十周年纪念日起正式播音。该台呼号XNMR，短波波长五一公尺，五八八〇千周；中波波长二八四点四公尺，一〇五五千周；开始曲为《开路先锋》歌。该台播音时间上海夏令标准时间及用波长如下：（一）十二点至十四点，用中波对哈市广播；（二）十六点三十分至十八点，用中短波英语对国内外广播；（三）十九点至二十三点三十分，用中短波对解放区及蒋管区广播。其间十九点至二十一点为转播陕北新华广播电台节目。

（1948 年 6 月 1 日）

城市建设零讯①

◇石市剧运活跃，联大平剧研究院在公演《升官图》后，演出《三打祝家庄》等平剧。革艺剧社演出《日出》，近又成立人民话剧团。石家庄影院正映晋察冀摄制的《人民革命战争新闻第一号》。

◇洛阳市联合中学学生自治会成立后，参加课外活动的学生十分踊跃，读书会、音乐会、体育会、文艺小组相继组成，每天下午进行两小时的政治学习，现正在研究中国土地法大纲。十多个教员也组织了时事座谈会，每周开会一次，以提高对新民主主义革命理论和时局的认识。

◇新华书店洛阳分店正式开张营业，已从黄河北老解放区运到革命文献、社会科学书籍及中小学课本等百余种。新洛阳日报精印的毛主席报告《目前形势和我们的任务》及《毛泽东故事》等书，最受读者欢迎，三天内卖了五千册。

（1948 年 6 月 3 日）

潍坊文教工作迅速发展　　毛主席著作畅销

【新华社华东三日电】新民主主义文化教育，正在潍坊市迅速发展。五月十四日，市教育局召开本市教育界座谈会，会上教育界同仁

---

① 按，该则原有城市建设各类信息凡十条，此处仅择录其文艺相关者三条。

一致表示愿在民主政府领导下，致力于教育事业，并发起举办"新民主主义教育研究会"，共同研讨新教育方针与教学方法。迄目前止，每日前往该会参加研究者达二百五十余人，其中有各校校长、教职员及蒋党统治时期休业现又愿执教之教员。新华书店潍坊分店开业不数日，即售出各种理论书籍八百余册。毛主席著《新民主主义论》《目前形势和我们的任务》及《中国土地法大纲》销行最旺。新渤海区运到之大批精装《毛泽东选集》，不到三天即被抢购一空。市立民教馆已正式成立，城关并设有三处民众阅览室，每日前往阅读者平均在六百人以上。市立民教馆与华东画报社最近联合举行两次照片展览，一为华东解放军胶济中段、西段战役照片，一为延安生产建设照片，参观者终日络绎不绝。华东解放军某纵队文工团，自十八日起假永乐大戏院演出名剧《血泪仇》，每日观众达一千五百人。

（1948年6月6日）

攻克临汾战役中的战壕小传单

车敏

临汾前线的人民解放军，在长期的战壕生活和战斗中，创造了一种对部队教育鼓动作用最大的战壕小传单。部队进入战壕后，由于成天都分散在阵地上和战壕中的避弹坑内，原来的各种学习、文化娱乐方式都不便进行，部队觉得生活单调枯燥，有些部队就在战壕里布置了俱乐部，出了门板报。但是俱乐部显得太拥挤了，不合乎分散隐蔽的要求，于是在士兵群众中发展了许多小型的文化娱乐活动，其中以快板流行最广，甚至他们习惯于把一切的生活学习和战斗经验都用这种形式表达出来。同时，敌人为了垂死挣扎，竟对我军施放毒气弹和投掷黄麻磷弹等不常见的武器，部队急需讲求对付的方法，领导上便利用了这种形式来进行教育，并发动部队想办法。"郑州"部队首先利用这种形式，进行了三弹"照明弹、黄磷弹、毒气弹"教育。他们的办法是发动部队讨论三弹的性能，和我们对付的办法，然后综合起来，把它写成简单通俗的小传单，分发到各个战壕里去。这种传单发到部队后，干部战士都很欢迎，帮助他们马上解除了对三弹的思想顾虑。战士卫学广说："看了传单后，知道照明弹不伤人，还可辨明地形，我一点也不害怕了。"关于照明弹的传单是："照明弹，没啥用，外面是个洋铁桶，不爆炸，不伤人，专为夜间来照明。没落地，不要动，趁着明亮看地形；等它熄灭了，赶快就前进。"防毒传单提出了关于防毒的各种办法："阵地上准备石灰水，肥皂手巾带身边，发现敌人放毒气，手巾纵横叠六遍，或是湿上石灰水，用肥皂水更保险；湿好蒙住口和鼻，毒气不能往里钻；石灰肥皂不方便，手巾洗尿也能行，要是一时来不及，就用湿土来蒙严，麦苗绿草都能用，扭扭堵在口鼻间；要是能往高地跑，跑上高地也保险；要是时间来得及，可用炸弹炸药来打散；湿土也能埋住它，泼水也能把它淹，破鞋烂袜蒙住嘴，办法简单又方便。咱们有的是办法，敌人放毒也枉然。"战士李士华看了防毒传单后说："敌人放毒气弹也扯球蛋，咱们有的是对付的办法。"

经过三弹教育后，领导上发现战壕传单是在战壕中进行政治工作最有效的一种方式，便根据部队当前的中心工作和战士们想出的各种作战办法，有意识地有计划地制发，一时在各个部队里就流行起来了。

当部队要采取坑道爆破去摧毁敌人的堡垒时，制发了两种战壕传单，一种写道："咱们有飞机，光叫敌人坐，不在天上飞，钻在地底下；步兵像跑道，工兵把机驾，敌人一坐上，全都美死啦。"另一种写道："敌人害咱飞机怕，总想逃避不坐它，钻在地上用缸听，又用武兵出来打。咱们这里一伙子，装造飞机老行家，汗流湿土不怕苦，根据情况想办法。精确计算没偏差，细心大胆往里挖，飞机给他装造好，敌人不坐不由他。"部队看到这两种传单后，大家对坑道的信心提高了，坑道作业的情绪格外高涨了。

根据攻坚战斗的特点和打外围据点的经验，需要加强小群动作，因此班长的指挥是一个非常重要的问题，便召集过去指挥好、战功大的几个班长，座谈班长的指挥问题。根据讨论结果，写成传单，又拿到连队里征求一些班长和战士的意见，经修改后，再把它印成传单。发下去后，班长同志如获至宝，排长也争着要看。一个副排长朱清云说："这解决了我的指挥位置问题，对我帮助很大，希望以后多印一些。"友邻部队接到后，也马上翻印散发。

总攻临汾东关前，为了改善突击队和纵深战斗部队的战术动作，便又写了《钢钉和钢锥》《怎样打纵深》两种传单，前一种短促有力地写道："突击队像钢钉，钉在突破口，赛过泰山稳；突击队像锥尖，插进敌心脏，一直往里钻，进一步钉个钉，没有后退只前进。扎一锥，闻着腥，见肉美美吃一顿。"

《怎样打纵深》这张传单的头两节是："（一）纵深战斗要大胆，猛打猛冲往里钻，快把敌人打混乱，不让龟孙把气喘。敌我混成一疙瘩，指挥更要有办法，心要细胆要大，多用计谋诈唬他。还要不打哑巴仗，喊话能顶机关枪，敌人昏头转了向，人多也得把俘虏当。（二）打纵深，要疏散，不要挤成一疙瘩，碰上敌人少，干脆吃掉他；碰上敌人多，顶牛不中用，侧翼去迂回，正面火力攻。钳子一吃挟，看他有啥种，想跑跑不了，任凭我摆弄。"

某部有营教导员侯进同志说："看了《怎样打纵深》这张传单，解决了我在纵深发展中一个顶牛问题。"

传单一发到部队,大家抢着看,不识字的要求别人给他念,宁愿小休息一会儿,也要看看传单。许多人端着饭碗,有的上午不睡觉,还要去看看。某部机枪连战士张从善常到连部去要传单看,周三虎把传单看罢后,就装进了口袋里,说:"到时候好用它。"战士杨狗娃说:"小传单,又顺嘴,又好懂,容易记,还能用,就是解决问题。"

对这种战壕传单,战士们在战斗前很喜欢。在攻占临汾东关的战斗中,二○六部队新战士李红银同志在冲锋时,中了敌人的黄磷弹,他就连打了几个滚,还有一点没有熄,他就急忙把衣服脱下摔了,结果没有受伤。战斗结束后,他一回来就说:"传单上说的办法就是灵,我中了黄磷弹,照着传单上的办法做了,一点也没有受伤。"二连几个战士在突进纵深壕里,还在不断地念着:"我们是钢钉。"

战士们之所以喜欢和爱护这种战壕传单,是因为这种传单介绍了他们自己的经验,又告诉了他们办法,与战场练兵、思想发动密切结合,它帮助他们提高战术和技术。在形式上,传单全是采用快板形式,句子写得简单通俗,字印得又大又显,并且没有简笔字,有的更配有漫画。这种战壕传单,且能使军事、文化学习和娱乐结合起来,因此它就受到广大士兵同志最大的欢迎,因此也就成了战壕政治工作最有效的一种方式和工具。

(1948年6月7日)

坚决肃清"客里空"作风

王守恒不是地主,逼死人命不确实

陈瑞卿

三月十六号本报一版刊登《谁逼死俺三条人命》一稿。文内:"地主王守恒逼死童养媳妇"系中农成分,并非逼死的。为了恢复王守恒的名誉，恢复党报的威信，揭露我自己以下两点"客里空"的事实。

（一）在写这篇稿子时，由于个人抱着抢先出风头的错误思想，写出后令人看了对地主有痛恨愤激之感，当王友彬一面诉，我一面记，诉到王守恒家中虐待童养媳妇（王友彬的姐）时，自己当时脑子一热，主观地认为除非是地主才能做出如此残忍的事情，叫童养媳过着非人的生活，并没有问清王守恒是否地主。在整理时自己就主观一套，肯定地安上了个地主帽子。当时唯恐不能在报上登载，怕白费心机，认为主要是控诉地主罪恶，而非其他，假若按真实情况将王守恒写成中农成分，报上未必刊登。

（二）"王守恒逼死童养媳的事"，是个人听错的，王友彬诉苦时，诉他姐熬苦受罪，终于受尽痛苦而死了。当时自己并没去问到底是怎样死去的，死到哪里的？个人自作聪明，嫌其苦中不足，主观猜测到毫无疑问是王守恒家中逼死的。故此也就肯定地加上了个王守恒逼死童养媳的罪名。等到全篇写完后，亦没给王友彬念一念就投到报馆了。

以上这种"客里空"主观地歪曲捏造事实的现象，今天认识到严重地损害了党报，损害了人民，降低了党报的威信；同时对王守恒来说是冤枉了的，侵害了中农，增添了敌人，这更加不对。我除了在报上公开揭露痛自反省外，希望大家批判，来改造我的错误思想，叫我深刻地去认识，同时自己有决心改造自己，并愿当个为人民服务的好通讯员。

最后声明一点：王守恒家中虐待童养媳的事情，是真实情况，并非夸大事实，王友彬敢做保证。我们为了弄清是非，希望峡口村负责同志再作深入调查。

（1948年6月13日）

华东前线记者高岩同志殉职

【新华社华东六日电】前线记者高岩同志，四月二十六日采访潍县东关战斗时，不幸身负重伤，经医治无效，于五月二十日逝世。高岩同志系中共正式党员，现年廿七岁，曾任胶东军区前线报社编辑。牺牲前，为解放军某部胜利报社及新华支社采访通讯主任。

（1948年6月13日）

沪苏商《时代日报》被蒋匪勒令停刊

【新华社陕北十日电】据外国通讯社报道：上海苏商主办的《时代日报》，已于本月四日被国民党上海市政府勒令停刊。国民党以该报报道上海学生爱国民主运动，即捏造"意图煽动骚动"的罪名，下令封闭该报。发行机关时代出版社，已将被迫停刊经过报告苏联驻沪领事。该出版社并声明：国民党所说的罪名，"毫无根据"。

（1948年6月13日）

附录：出版物广告

《新大众》(二十期) 要录

时事解说 ………………………………………… 君瑜
我差点垮了台 …………………………………… 郝福田
怎样种金皇后玉茭 ……………………………… 太行行署
好同志！我太冒失了！ ………………………… 谢长江
关于几个婚姻问题的答复 ……………………… 扬钧
活了五十九岁，要了五十年饭 ………………… 马□远
治秃疮，治小疮 ………………………………… 万明等
新生的南斯拉夫（民主世界） ………………… 学徒
无线电飞机探测器——雷达 …………………… 彭庆昭
宝太学会了当组长 ……………………………… 尚枫

(1946年5月25日)

新书出版！！！

《新教育》月刊第一卷第三期要目

短论

教育行政干部应辅导学校创造经验领导民校教育的几个问题
解决师资问题的一种办法 ……………………… 晁哲夫
举行观摩会中的几个具体问题 ………………… 易木
大段制教学及其他 ……………………………… 尹、枫
士敏一高是怎样训导儿童的 …………………… 赵资保
儿童队伍愈走愈长了 …………………………… 田林

教学经验点滴 ………………………………………… 李卓民
视学散记 …………………………………………… 郝海如
编选教材
  初小新课本几个问题的商榷 …………………… 曾颇
  怎样编选小学补充教材 ………………………… 程德清
  武邑初小教员集体编教材 ……………………… 奇之
  向固隆剧团学习些什么 ………………………… 束玉
  涉县新型干属工读学校 ………………………… 彭闻真
从邢台市图书馆看到的几个问题 ………………… 陆青
  定价二十五元。预订处：边府裕民印刷厂。

（1946年5月26日）

《文艺杂志》第三期出版了

要目

我看到毛主席 …………………………………………… 鲁藜
炮 ……………………………………………………… 培时
做晚饭的时候 ………………………………………… 维廉
买桃 …………………………………………………… □明
蒺藜草 ………………………………………………… 王南
母子俩 ………………………………………………… 尚枫
介绍《改变旧作风》 …………………………………… 易朗士

  每期定价三十元，预订三期收洋八十元，六期收洋一百五十元。希各地读者早日预订，无任欢迎。预订处：新华、韬奋书店邯郸总店各地分店邮购服务股。

（1946年6月1日）

《新大众》目录（第二十一期）

纪念专页

  《新大众》一周岁 ………………………………… 编者
  我与《新大众》 ………………………………… □茂春等
非让群众翻身不可 ………………………………………… 君瑜
天下大事 ………………………………………………… 扬钧
人民对黄患的呼声 ………………………………………… 群□
生命的冰冻（科学知识）…………………………………… 陈舒
你敢再压迫我（等翻身故事六七篇）
陈智云的家庭会 …………………………………………… 杨□□

（1946年6月1日）

华北新华书店发行四大杂志

《北方杂志》（综合刊物）

每月一期。每期定价六十元。

预订三期一百六十元，六期三百元。

《新大众》（综合的通俗刊物）

半月一期。每期定价三十元。

预订六期一百六十元，十二期三百元。

《大众科学》（通俗科学刊物）

每月一期。每期定价三十元。

预订三期八十元，六期一百五十元。

《儿童杂志》（小学生刊物）

定价、预订暂未确定。

（1946年6月9日）

《北方杂志》创刊号要目

一九四六年六月十五日出版

论坛

在北方大学的讲话 ………………………………… 范文澜

群众翻身，自唱自乐 ………………………………… 穆之

论中共人员 ………………………………………… 时敏行

关于文艺工作若干问题的商榷 ……………………… 陈荒煤

继续向封建文化夺取阵地 …………………………… 王春

小说

雇工 ………………………………………………… 葛洛

母子 ………………………………………………… 黑丁

杂文

说民主与干民主 …………………………………… 邢肇棠

笔锋 ………………………………………………… 张香山

此外尚有诗、报告、工作经验、文摘、资料等类，共八万余言，

名目甚繁,不克一一列举,望从速购阅。

定价:每期六十元。

预订:三期一百六十元,六期三百元。

华北新华书店发行。

总店:河北邯郸。

分店:山西长治、河南焦作、河北邢台、涉县索堡。

(1946年6月12日)

新　　书

《朱德同志等的二三事》

本书内有朱德、林伯渠、徐特立等革命先辈的文章,还有郭沫若、《纽约时报》记者等对延安及中共各领袖的观感、献诗等,以及为人民而殉难的李大钊、瞿秋白、方志敏、邓中夏、刘志丹、左权、彭雪枫等革命先烈的事迹、纪念回忆等文共二十余篇,文字生动,事实具体,是学习革命领袖的道德、作风、伟大斗争精神的好书。革命干部、有志青年不可不读。

定价八十元。华北新华书店发行。

《减租》

最新出版之《文艺选集》第三册,包括有:《减租》《夫妻识字》《满子夫妇》《我的师傅》《我要做公民》《张初元的故事》《芦花荡》《未婚的夫妇》《麦收》《小白虎》《游击队员宋二童》《儿子》等十二篇。

定价八十元。华北新华书店发行。

《农村应用文》（三版）

定价七十元。

《初级新课本》（国语常识合编）

第一册、第二册，每册三十元。韬奋书店发行。

《中国近代史讲话》（再版）

定价四十五元。华北新华书店发行。

（1946 年 6 月 17 日）

新　　书

《毛泽东印象》

爱泼斯坦等著

本书是外国记者爱泼斯坦、斯坦因等会见毛泽东的印象记，还有《大公报》记者孔昭恺等的毛泽东先生访问记。这些文章，都很客观、冷静，请大家从这些公平人士的笔下来认识毛泽东。

定价大洋三十元。华北新华书店发行。

《中级国文选》第二册（再版）

定价大洋一百元。华北新华书店发行。

《长征的故事》（再版）

阿大著　定价大洋二十元。韬奋书店发行。

（1946 年 6 月 18 日）

本市各剧团今日联合公演

参加者：新生剧团、新华剧团、群众茶社、大众艺术研究会、文艺工作团。

演出节目：《木兰从军》《骂殿》《贫女泪》《枪毙崔凤梧》《艳阳楼》《枪毙卢万寿》《五凤楼》。

地址：大操场剧台。

时间：下午五时。

票价：三十五元。

（1946年6月21日）

《文艺杂志》四期出版

七亘村之战	香山
回地	木风
植树	王敏昭
下乡及其他	佛初
土地的吵架	高沐鸿
敌区一夜	木易
活埋	佚名
对《文艺杂志》"创刊号"的意见	王冲

（1946年7月3日）

《儿童杂志》创刊号要目

提防水淹冀鲁豫 …………………………………… 骏
舍不得离开同志们 ………………………………… 杨德山
神不灵了 …………………………………………… 贾新国
我想通了 …………………………………………… 刘群彦
不叫妈妈发愁 ……………………………………… 王江平
蝇、蚊（科学常识）………………………………… □凉
苍蝇有多少子孙？（科学趣谈）…………………… 亮
报童捉特务（连环画）……………………………… 斤草
把先生讲的道理讲给妈妈听（封面）……………… 计桂森
学生犯了错不应当叫游街（来信）………………… 铜锁
学习拾物不昧的马秀兰 …………………………… 刘文

还有智力测验、游戏、制作、谜语、急口令等，许多都是小朋友的作品，内容形式都很活泼，报纸铅印，图画三色套版，定价大洋三十元。欢迎各地初高小学和小朋友们购阅。

编辑者：儿童杂志社。

发行者：华北新华书店。

（1946年7月4日）

《文艺杂志》第五期出版了

要目

纪念与抗议 ………………………………………… 本刊
"大毛子""二毛子"合论 …………………………… 王春

让大家都知道吧	庄古
氺萝卜的纠纷	刘宝荣
东山王	毕未朽
情书	郑笃
杏儿甜	赵正晶
仇恨	王敏照译

定价五十元，预订三期一百四十元，六期二百七十元（邮费在内）。本办法从七月十五日起执行有效。以前预订者，由我们负责发给各读者，不再另行补款，请读者注意。发行者：新华书店各地分店。

七、二、于阳邑

（1946年7月11日）

《新教育》月刊第一卷第四期目录

小学转民办
民办刍议一二	亚
小学转民办的一个典型经验	岷山
我对转民办认识的变化	杨明义

转载
羊泉小学是怎样由公办走向民办的	冯毅
运用大众黑板进行时事宣传	傅博万等
巡视教育工作提出几个亟待研究问题	崔斗辰
关于教育工作者如何适当地配合中心工作的问题	宋志刚

生产与教育结合
| 生产学习两不误 | 奇之 |
| 大名二区怎样补救假期的损失 | 王书堂 |

生产学习两不误的三种组织形式 ……………… 子青、米杵

争取学习英雄 ……………………………………… 江永荣

春耕生产歌 ……………………………… 张德润、张载熙

武乡左权妇女的学习生活 …………………………… 张逸园

我是怎样编写高小地理课本的？………………………… 同民

人人爱事事通的邓仪（二续完）……………………… 荣莘

算术游戏介绍 ………………………………………… 赵振国

关于教育工作的各种制度

新定价目：零售每本四十五元；预订半年二百三十元，全年四百六十元。

（1946 年 7 月 11 日）

再 版 新 书

民校的好教材

《图绘老百姓日用杂字》　辛安亭编

通俗故事

《李有才板话》　赵树理著　七十元

《毛泽东同志在延安文艺座谈会上的讲话》

华北新华书店发行。

（1946 年 7 月 19 日）

《新大众》第二十期要目

再谈群众翻身运动	君瑜
天下大事	史言
东北是怎样一个地方	益群
过年好比上刀山	月波
我减租翻身不犯法	谢长江
杨集玉看见自己的老婆顺眼了	怀良等
苏联发明长寿药	彭庆昭
从工作中找兴趣	江玉青
自修学校	炳鸿等
大众信箱	集仁等
学生文坛	洪熙等
有问必答	君瑜等
识字顾问	陈步尧

定价本期零售三十元，预订六期一百六十元、十二期三百元。
华北新华书店、韬奋书店发行。

（1946年7月24日）

《北方杂志》第二期要目

寄语边区知识青年	杨秀峰
群众翻身诗歌集	解华等
织布机的响声（小说）	曾克
对一个纳粹的公平审判	苹州译

神头之战 …………………………………………… 张香山

奴才的出路及其他 ………………………………… 周方

人民的韬奋（韬奋于周年纪念特辑）……………… 罗青

流亡 ………………………………………………（韬奋遗著）

此外尚有诗歌、通讯、报告、杂文、文摘等二十余篇，内容新鲜，要购从速。

定价本期零售一百元，预订三期二百八十元。

华北新华书店发行。

（1946年7月31日）

《新教育》月刊第一卷第五期要目

教育服务于群运

教育必须服务于群众翻身 …………………………… 亚

几个典型学校创立与发展的经验 ……………………… 书良

我是怎样在中心工作中结合教育工作的 …………… 史秉谦

从发动群众中壮大起来的陶娄小学

短评

反对第三种人的思想与行为

师资训练与进修

冀南三专师训班教学问题总结纲要 ………………… 三专教育科

解决糊涂思想

我从衡水小学教师轮训班得到的几点经验 ………… 迟逢

邢台市教研会学习提纲

左权红星小学运动 …………………………………… 太行一专署

挤出时间来学习	赵谊、郭承先
关于目前改造旧剧的一个初步意见	少白
如何团结新区知识分子	同民
武西改造庙会的工作经验	武西教育科
关心教育工作的区长——除步远	岷山
反战防奸歌	俞平词曲
高小地理课本编辑提纲	同民

新定价目：零售四十五元，半年二三〇元，全年四六〇元。自七月十一日登报之日已开始。凡在该日以后付邮订阅者，均按新价计算，望读者鉴谅是荷！

订阅处：邯郸裕民印刷厂。

（1946年7月31日）

《儿童杂志》第二期已出版

要目

蒋介石和美国政府捣什么鬼？	俊
大汉奸刘豫（历史故事）	田甫
新少年（歌）	仁均、为流
怎样成了模范组	籍毅
白所□和方保民	周振声
石叔的故事（长篇科学故事）	彭庆昭
我没想到能熬到这时候	侯孟祥
没娘孩真难过（小朋友的信）	张仁顺
看姥姥（童谣）	鸿

此外还有谜语、小把戏、画画常识和精美之图画、插图等多幅，报纸精印，欢迎订购。

本期零售四十元。华北新华书店发行。

(1946年8月1日)

新 书 四 种

《"七七"九周年时事学习文件》

华北新华书店编辑部编

本书是目前时事学习的基本文件，里面收集了关于论述当前时局的许多重要文件文章，如《中共中央为"七七"九周年纪念宣言》《要求美国改变政策》《周恩来同志就最近国共会谈答记者问》《杨主席在"七七"反内战大会上讲话》和《解放日报》社论等十多篇，是了解目前时局、指导我们斗争的武器。

《怎样爱护区村干部》——新大众丛刊之一

区村干部应怎样学习，怎样处理家庭问题？个人工作有没有前途？怎样开会、工作？以及作风等问题，这本书里就能给许多解决办法。有的是经验，有的是介绍，有的是检讨，有的是讨论，是每个区村干部不可缺少的一本书。

《中国通史简编》第四册

接着一、二、三册，这本第四册是叙述北宋到元朝兴起这三百余年的中国社会发展的具体情况，对于生产方式、经济结构、阶级关系、种族斗争、政治制度、哲学、文化等项，都用新的观点、方法分析说明。在我们许多历史书中，这本还是比较适合学习的史料。五十万余言。

《孟祥英与郭凡子》

这书里有赵树理写的《孟祥英翻身》、王溪南写的《女状元郭凡子》两个长篇故事,把这两个出名的劳动英雄过去受的痛苦压迫和怎样变成劳动英雄的经历写出来,既通俗、又生动,是一本很好的群众读物。

华北新华书店发行。

（1946年8月5日）

《文艺杂志》第六期要目

八月出版

送粪 ……………………………………	王云岭
助收 ……………………………………	昌言
赵凤英（千行长诗）………………………	小空
乡居生活 ………………………………	曾克
黑熊 ……………………………………	毕未朽
醒悟 ……………………………………	幸岂
房东的转变 ……………………………	彦夫
读《虹》后感 …………………………	萧风

该刊自出版以来,颇受各地欢迎,每期出版数,总是不敷分配,为此特扩大订阅范围,以飨读者。

定价每期五十元,预订三期一百四十元,六期二百七十元。

（1946年8月6日）

《新大众》第二十三期要目

天下大事

蒋介石卖国打内战共产党坚持要和平 …………………… 史言

美国的大老财 ………………………………………………… 章容

菲律宾的"独立"把戏 ……………………………………… 草集

你就打算当一辈子瞎汉啦？ ……………………………… 高汉英

姚眉成掀石板 ………………………………………………… 郝刚等

袁家洼打垮假斗争 …………………………………………… 宋继勋

李闯王进北京（民间故事） ……………………………… 毓明

霍乱（卫生常识） …………………………………………… 彭庆昭

解决"村干部两种思想"的初步意见（大众信箱）……… 万仞

有问必答

马歇尔究竟是个怎样的人？ …………………………… 鲍□等

美国是否想在东北打下军事基地、将来反苏？

什么叫花甲子？世纪和年代是怎回事？

法西斯主义和帝国主义有什么区别？

零售五十元。预订六期二百八十元，十二期三百元。

华北新华书店、韬奋书店发行。

（1946年8月20日）

《新教育》第五期出版

原定价每本四十五元，现因纸价飞涨，特增价为每本六十元，订阅价目暂不增加，特此声明，购订从速！

《新教育》第六期正在付印中。

地址：武安崇义裕民印刷厂新教育社。

（1946年8月20日）

《文艺杂志》二卷一期胜利专号出版

要目

保卫黄烟洞片段	齐语
英雄沟	郑笃
鞋	培时
漳河牧歌传	高咏遗作
不屈	鹿特丹
约会	纪英
路之歌	冈夫
赵书记长	毕未朽
二月春风吹	王博习遗作
瞎子和哑巴	束玉

其余较短作品还有十数篇，全书篇幅六十四页，十六开，较平常多一半。

定价：本期一百元。

出版：九月五号前后。

预订：新华书店武安阳邑镇总店，长治、焦作、邯郸、邢台各分店邮购服务股。

（1946年8月23日）

《北方杂志》三期

要目

为纪念抗战胜利周年发起"边区抗战一日"的写作运动
……………………………………………边区文联、文协分会
遥祭李公朴先生 ……………………………… 培时、章容
悼闻一多先生 ………………………………………… 荒煤
办一个通俗杂志的经验 ……………………………… 冯诗云

群运纪实
　　记胡楼斗争 ……………… 晋冀鲁豫各联总会宣传部
　　群众心声纪实 ……………………………… 永智三区农会
徐福琨的遭遇（报告）………………………………… 苏棣
奔腾的河流（小说）………………………………… 鲁藜
旧艺人的新生活（介绍）………………………………… 夏青
不要趁火打劫（杂文）……………………………… 邢肇棠

青年经历
　　一个暴躁的肺病患者 ……………………………… 鲁焰
　　丢脸的重庆 ………………………………………… 林十柴

学校生活
　　文庙今昔 …………………………………………… 柳漠远
　　北大生活片段 ……………………………………… 志钊
如此一年的收复区 …………………………………… 高集等
　　此外尚有通讯、诗与散文、民歌等多篇。该杂志十六开本，五十页，比平常书版大一倍。
　　定价：本期一百元。

预订：三期二百八十元。

六期四百五十元。

（1946年8月26日）

《文艺杂志》第二卷一期胜利专号目录

九月一日出版

保卫黄烟洞片段	齐语
英雄沟	郑笃
约会	纪英
上党自卫战见闻随记	陈天
漳河牧歌传	高咏遗作
一夜	刘稚林遗作
采野菜	伍洲
妈！黑窝窝	大伟
鞋	培时
炮兵团在行进	朱坡
盖板枪	秋原
不屈	鹿特丹
瞎子和哑巴	束玉
路之歌	冈夫
复仇	刘秀峰
赵书记长	毕未朽
二月春风吹	王博习遗作
诉苦登记（木刻）	烽克（封底）

封面插图 ………………………………………………………………… 邹雅

本刊第二卷编辑方针

编后 　　　　　　　　　　　　　　　　　　　　　　　底封里

　　全书十二万余字，六十余页，定价一百元，预订办法仍照原办法订购，零购按期计算。

　　新华书店邮购服务股。

　　　地址：总店　武安、阳邑。

　　　　　　分店　长治、邯郸、焦作、邢台。

（1946 年 8 月 29 日）

邯郸新华广播电台

　　呼号：XGHT

　　用长短波同时播音

　　长波：二四〇公尺　一二五〇千周

　　短波：四十九公尺　六一二〇千周

　　九月一日正式开始播音，热诚欢迎各地听众收听。

　　九月一日节目（下午六时开始）

　　1. 中共中央声明。

　　2. 晋冀鲁豫中央局号召。

　　3. 民主建国军高树勋总司令反内战通电。

　　4. "九·一"记者节各地贺电。

　　5. XGHT（本台）介绍。

　　6. 国民党统治区没有新闻自由。

　　7. 晋冀鲁豫边区新闻。

8. 长治人民眼中的毛主席。
9. 时事讲话，苏皖六次大捷。

(1946 年 9 月 1 日)

《儿童杂志》第三期

要目

从两个纪念日说起	俊
送粮	张同富
石叔的故事（长篇科学故事）	彭庆昭
讨吃的小学生靳书良	靳宿林
孩子！你要好好念书	红
她是宣传模范	蓝田
识字牌前（儿童剧）	束玉
大老财和他的三个长工（童话）	培时

儿歌

明奶奶	李金碧
收秋粮	白云洲
小老鼠	高镇五
翻身（连环画）	王鸿

定价：本期四十元。

民国三十五年八月二十五日出版。

(1946 年 9 月 7 日)

《新教育》月刊第二卷第六期目录

短评
  纠正新区的打罚制度 ····················· 郭玉栋
  和顺教员卷入群运 ······················· 贾庆□

专论
  论"民主管理" ························· 振亚

答读者问
  给龙泉小学教员刘□书一封公开信 ············ 崔斗辰

转载
  如何发扬儿童的自觉自□精神——曲周小学教员座谈"民主管理问题"节要 ···················· 培育

民主管理问题
  训导工作中的奖励与批评 ·················· 易木
  "把孩子们组织起来自己管理自己" ············ 纪泽民
  "疥蛤蟆"与光荣區 ······················ 高新华
  学生们的纪律定好了 ····················· 皇甫昭
  我走了管理儿童的弯路 ··················· 徐江贤

教材与教学
  大家动手编辑补充教材 ··················· 曾颎
  高委员的"乡土教材"举例 ················· 束玉
  赞皇成立教师联合会
  讲国语和教作文——漳滨中学后师班国语教学总结 ········ 乃禾
  陈彩章赵玉琢先生游戏教学法的新创造

读者来往
  读者来信 ····························· 郭承先
  复信 ······························· 编者

互助好（歌曲）……………………靳宿林孙保金词、俞平曲
  定价：每本六十元。
  订阅：全年四六〇元；半年二三〇元。
  地址：武安崇义裕民印刷厂。

（1946年9月22日）

《文艺杂志》第二卷第二期目录

十月一日出版

鲁迅逝世十周年祭 ……………………………	山仁
故乡的山水花草 ………………………………	王南
第二家庭 ………………………………………	克锦
彰德之夜 ………………………………………	高克东
孤军 ……………………………………………	秀圃
来吧 ……………………………………………	紫笙
桃莲 ……………………………………………	刘江
网罗 ……………………………………………	毕未朽
姜四孩娘 ………………………………………	憬行

胜利专号征文续刊

女射击手 ……………………………………	曾克
夜课 …………………………………………	马幸之
谁战胜谁 ……………………………………	吕梁
七七的礼物 …………………………………	林十柴
李家沟反维持记 ……………………………	袁潮
随感二则 ………………………………………	刘备耕
反对卖国歌 ……………………………………	竹簧
咱们一定要胜利 ………………………………	吕呐

本期定价为八十元，预订者请向新华书店武安阳邑总店，长治、邯郸、邢台各分店邮购股直接订购。预订在十册以上者，另有折扣优待；十册以下者，按定价寄款发给。请读者注意。

华北新华书店总发行。

（1946年9月25日）

《北方杂志》出版了！

第四期　九月一日出版

要目

对于时局应有的认识 ……………………………………	杨秀峰
美国"援华"政策与内战 …………………………………	罗青
关于群众运动 ……………………………………………	叶为民
论赵树理的创作 …………………………………………	周扬

小说

生长 ……………………………………………………	思基
重逢 ……………………………………………………	迦陵

通讯

重庆仍呈战时状态 ……………………………………	谢□译
徐州的灾难 ……………………………………………	白帆
北平见闻琐记 …………………………………………	羽嘉

诗歌

地主和长工的故事 ……………………………………	冈夫
张夺民谣 ………………………………………………	子琦
七杆旗 …………………………………………………	孟光记

杂文

非常明白而又非常不明白的一堂会审 …………………… 邢肇棠

介绍经验

暴露封建罪恶的民间歌谣 …………………………………… 王乃堂

读者往来

《继续向封建文化夺取阵地》的读后感 …………………… 田定

歌唱解放区（歌）………………………………………………… 王佩之

定价：本期一百元。

预订：三期二百八十元，六期五百四十元。

（1946年9月29日）

《新大众》第廿六期

民国三十五年九月十六日出版

要目

天下大事 ………………………………………………………… 申田
群众改造干部 …………………………………………………… 阎茂公
武安分配斗争果实的几个办法（工作经验）………………… 益群
有理就能打胜仗 ………………………………………… 常字真、范捷
剥皮老爷（民间故事）………………………………………… 闻岱
乌七八糟的思想可危险（工作反省）………………………… 郝海泉
区长吓跑了神 …………………………………………………… 张成国
《新大众》模范读者——李峰同志介绍 …………………… 振华
流产、小产和早产（卫生常识）……………………………… 教阵

我突破了写稿的难关 …………………………………………… 李保善
我能上学也能写稿了 …………………………………………… 张九月

  定价：本期零售每册五十元。

  预订：六期二百八十元，十二期五百五十元。

(1946年10月5日)

《儿童杂志》第四期

民国三十五年九月二十五日出版

要目

蒋介石连吃败仗 ………………………………………………… 涌
写信慰劳咱们英勇的同志 ……………………………………… 本社
小安邦 …………………………………………………………… 辛酉
国民党放他娘的狗屁 …………………………………………… 生何
二狗（连环画）………………………………………………… 王鸿
石叔的故事（长篇科学故事）………………………………… 彭庆昭
大老财和他的三个长工（续完）……………………………… 培时
宝荷不捣蛋了 …………………………………………………… 仙荷
爸爸交公粮 ……………………………………………………… 王元喜
二十块钱 ………………………………………………………… 王泰兴
泥刻
  开荒 ……………………………………………………… 邹义华
  早起担水 ………………………………………………… 郝恩彦
  做鞋 ……………………………………………………… 王崇礼

定价：本期四十元。

预订：三期一百一十元，六期二百二十元。

（1946年10月5日）

新书出版了！欢迎预约订购

《抗战八年来的八路军新四军》上册已出版了！

八路军新四军在国民党反动派与日本帝国主义的夹击之下，在毫无外援、接济与极端不利的条件下坚持了八年抗战，这八年的成绩，凡是根据地的人都知的，但是生动、具体把这八年抗战历史告给大家的一本书还是没有。本书是十八集团军政治部编的，详细地叙述了抗战以来各个时期各个阶段我军斗争的情形，内里有许多从前没有发表过的生动故事。全书约十五万余言，分上下两册出版，是每个关心中国抗战历史的人所必备的一本书。这书还可作为中级学校讲授抗战历史的补充教材。

华北新华书店发行。

《一个女人的翻身故事》

孔厥作

如今，我们大家都在翻身，翻了身后还要做些啥？如果还有人不十分明白，我们愿意推荐这本好看好懂的"翻身书"给你。这本书适合一般翻身的人读，更适合要求翻身的妇女同志读。

华北新华书店发行。

《患难余生记》

韬奋遗著

这是韬奋同志写的最后一本书,是一本没有写完的书。他写这本书时,病已经很重,国特敌特又到处搜寻他,他还是用尽力气来写,拿着他的枪(笔),同敌人一直战到死!本书现分三章:流亡;离渝前的政治形势;进步文化的遭难。里面虽是写这个文化战士的经历,同国民党蒋介石斗争的经过,但它不仅告诉了我们,蒋介石是怎样残忍卑鄙,同时也告诉了我们抗战八年来的许多史料。在蒋管区中,这书已成禁书。

韬奋书店发行。

新华书店、韬奋书店其他新书

《共产党员的修养》

《兰花离婚》(新大众丛刊之二)

《雷老婆》(再版)——长征中七个中国小红军的故事

《李有才板话》(再版)

《孟祥英与郭凡子》——两个女劳动英雄的故事

《绘图老百姓日用杂字》——冬学民校的好教材

《高小自然》第二册

《改变旧作风》(唱剧)

《毛泽东故事》(重编本)

《小号兵》(小说·彦夫著)

以下五种干部学习读物:

《共产党宣言》(马、恩合著)

《社会主义从空想到科学的发展》(恩格斯著)

《国家与革命》（列宁著）

《两个策略》（列宁著）

《左派幼稚病》（列宁著）

（1946年10月15日）

《新大众》二十七期出版了！

要目

当前时事解答 ……………………………	蓉材
天下大事 …………………………………	史言
保卫解放区的英雄们 ………………………	王若等
张龙同志突围记 ……………………………	谢金山
老丁和七连的故事 …………………………	孔更
我们要永远保持这光荣传统 ………………	尤天寿
愤怒的葡萄 ………………………………	章容改写
迁城村个个翻身 ……………………………	益群
好时光过得长了 ……………………………	杜白
种"一六九"小麦的经验 …………………	马琳
大众信箱 …………………………………	怀珠等
学生文坛 …………………………………	瑞连等

定价零售五十元，预订六期二百八十元，十二期五百五十元。

新华书店、韬奋书店发行。

（1946年10月15日）

翻身不忘毛主席——毛主席肖像

名家精刻、印刷精美、纸张光泽、刻制精细、定价低廉。朱、刘、杨、邓各首长肖像将陆续出版！欢迎订购批发，零售五十元一张。

华北新华书店、韬奋书店发行。

邯郸、长治、邢台分店均有，各文化合作社各书店代售。

(1946 年 10 月 20 日)

《北方杂志》第五期目录

鲁迅先生逝世十周年纪念特辑

  毛泽东论鲁迅

  鲁迅与郭沫若 ………………………………………… 周恩来

  学习鲁迅先生的硬骨气 ……………………………… 范文澜

  记鲁迅 ………………………………………………… 史沫特莱

  追念鲁迅先生 ………………………………………… 任白戈

  空前的民族英雄 ……………………………………… 罗青

  用行动来纪念鲁迅先生 ……………………………… 荒煤

  伟大的安慰者 ………………………………………… 黑丁

  《狂人日记》的时代和艺术 ………………………… 胡征

  最后一次在北平的鲁迅 ……………………………… 王锦第

  真挚的人和真挚的情感 ……………………………… 平凡

  迎接明天 ……………………………………………… 邦其

鲁迅和东北青年 …………………………… 林十柴
斗争一生的鲁迅（木刻）………………… 邹雅
读解放区文艺 ……………………………… 郭沫若等
掩护（小说）……………………………… 曾克
新婚（诗）………………………………… 李方立
中原北上记（通讯）……………………… 吴彬
新的孔村（报告）…………………………… 鹿特丹
第一次见了人民的子弟兵 ………………… 安仲波等
用群众的力量记录群众的历史 …………… 刘备耕

  定价：本期一百元。

  预订：三期二百八十元，六期五百四十元。

（1946年10月27日）

《文艺杂志》第二卷三期十一月一日出版

目录

笔锋向前线 ………………………………… 本刊
胡强子 ……………………………………… 田生
俺的身世 …………………………………… 燕云
由鬼变人 …………………………………… 毓明
青年党"裸体游游" ……………………… 冈夫
爱 …………………………………………… 曾克
老太太 ……………………………………… 梅村
一个人缴了一连人枪 ……………………… 罗村田
精神狗皮膏 ………………………………… 山仁

翻身后的村庄	海涛
战斗	高沐鸿
献田	李毓华
徐顺孩和十八个民兵	吕班
爆炸	维廉
桥	彦夫
转盘机枪	李导民
阎顽区民谣一束	荣一农
李家沟反维持记	袁潮
反对卖国歌	竹篁
封面木刻	药恒

本期定价一百元；只零售，不预订，希读者注意勿失良机。

华北新华书店发行。

（1946 年 11 月 2 日）

《新教育》月刊目录

第一卷第二期

认识时局，提高教育的战斗性	周启予
辉县一高为爱国自卫战争服务	吴瑜
在顽伪侵扰下坚持上课的库韩镇锁簧小学	郝海如
开展冬学运动	□漠冰

冬学介绍

元氏时家沟冬学介绍	李子国
涉县东戌的妇女小冬学	赵振国、郭鸿仪

做学教合一
  邯郸市试行"做学教合一"的经验的研究 ………… 杨振亚
  以做为学的一个防空单元实施——邯郸中学的教育实验
  ………………………………………………………… 卫可望
  怎样才算学习结合生产 ……………………… 王书堂
  学用一致 …………………………………………… 王陞
  馆陶学校中的新设施 ……………………… 董鲁、贺新国
  "做学教合一"的李有文 …………………………… 周敬之
  打破教自然的难关 ………………………………… 李卓民
初级新课小本的编辑和运用问题 …………………………… 束玉
焦作回民学的新气象 ………………………………………… 怒先
鄄城城区高小的群众工作 …………………………………… 石铭

红星小学运动
  赞皇开展泽东小学运动 …………………………… 奇之
  壶关各完小开展红星运动 ………………………… 郭增基
  武乡东堡学区师生竞相争红花 ……… 史华甫、李煊、李文中
  一封开展红星小学运动的挑战书
障城学区初小友谊竞赛的经验 …………………………… 李义泽

读者来往
  读者来信及复信
写些什么稿 ………………………………………………… 编辑室

研究实验
  我是怎样研究《新教育》的 ……………………… 赵振国

人物模范
  赵明和琴峪小学 …………………………………… 荣莘
  模范家长——石寸金 ……………………………… 常江河
地理游戏·周游世界 ……………………………………… 陈辑瑞

送大哥哥参军（歌）……………………………………束玉填词

  本刊为加强对各级学校与社会教育之理论指导与经验之从速交流，特改为十六开本，增加篇幅，每期约计五万言。希望各方批评和预购！

  地址：武安邮局转交裕民印刷厂。

（1946年11月5日）

《新大众》第二十八期出版了！

要目

读者同志们，拿出力量来！……………………………	本社
天下大事 …………………………………………………	史言
保卫解放区的英雄们（续）……………………………	罗村田
我这双鞋也捐给前线战士吧……………………………	刘国根
"我要向毛主席告状"……………………………………	萧康
蒋介石你害得我好苦啊…………………………………	郭民愈
李闯王过黄河（民间故事）……………………………	李文章
教育小经验 ………………………………………………	李红
经济工作同志该不该优待………………………………	秦英
标点和分段（写作讲话）………………………………	王春
小辞典 ……………………………………………………	启鸣

有问必答

  美帝国主义将来是否会发展成为法西斯主义？

  国民党统治区是什么社会？解放区是什么社会？

  定价零售五十元，预订六期二百八十元，十二期五百元。

华北新华书店、韬奋书店发行。

(1946年11月10日)

华北新华书店韬奋书店新书出版介绍

征求预约,欢迎批发。

总店:武安。分店:长治、焦作、邢台、邯郸。

集体预约先寄来款,出版后九折优待,余款保证退回。

青年自学的良师　中等学校的教材

《中等国文》

陕甘宁教育厅编,第一册已出版,第二册正排印。

本书六大特点:

一、本书第一册,包括这些内容:说和写的初步常识、日常的应用文、华北解放区的情况、最初步的群众观点、学习态度。第二册有这些内容:词同句的解释、新民主主义的基本概念、解放区同国民党统治区的比较、社会主义与资本主义的比较、地理同生物的一些知识。

二、各种体裁的文章都选的有,又有专门说明语文里面重要规律的课目。

三、有著名的文学作品,又有合于实事的许多文章,如怎样写字、作记录、写信、写契约、写日记、写新闻等。

四、本书选的文章都包括这三个方面:有语文规律的价值,又有政治的价值同一般知识的价值。

五、每册每组都大致有一个中心,各课各组各册之间也有一定联系，全书是一个整体，但各课课文又可单独独立，留有给教学者随机应变的地方。

六、本书各册后面都附有教学参考、注解和习题三项，使读者对难字难句容易了解；读的人知道怎样来练习，教的人也可找到哪些是应该注意的地方。

《社会发展史略》出版了

从前有本内容丰富、文字通俗的大书，叫《政治经济学讲话》，这本书又有用又有趣，在苏联出版后，中国很快就有各种翻译的本子，本书便是这册大书的第二章，并附有恩格斯同列宁的两篇著作。接触的问题很广泛：谁是我们的祖先？有阶级以前是怎样一个社会？阶级是否永远存在的？资本主义生产是怎样发生的？……都可在这本书里求得解答。做中学教材，做自修读物都是一本好书。

《中国史话》（三版新书）

许立群编

这是像历史课本那样的一册书，它又同一般的历史课本不同，有新的观点、新的写法，一篇一篇都是有趣味的故事，结合起来又可把几千年中国历史上的事情知道个大概。所以，这书出版以来，各地中学采为教材，许多同志也作为自修必备的书。这次重版，系各中级学校来信要求，现正印刷，欢迎预约。

冬学民校的教材

《剥皮老爷》

本书收集的都是流传在民间的故事，有两三篇在《新大众》上登过，大部没有经过发表。每段后面，均有编者按语，可供冬学、民校学习的参考。内容包括旧社会地主压迫佃户、佃户与地主作合理斗争讨论、节约备荒、生产积肥、军民关系等故事。每个故事都可给我们很多启示,又通俗有趣,最适合做冬学的教材,也可作学习写作的范本。

《农业生产课本》——黑板报的稿本

这本书是为各村黑板报编的生产稿本,每个节令来了,生产上应该做些什么事,怎样布置,怎样总结,都讲得很周到。有这样一本书做参考,黑板报就不愁没内容了。这册书又可做民校、冬学的课本用。(李俊编)

翻身人看翻身戏 年关娱乐早准备

戏请预约名歌剧《白毛女》

"旧社会把人变成鬼,新社会把鬼变成人。"看了《白毛女》以后,再不吭气的人,也会忍不住对恶霸地主的愤怒,也会忍不住为喜儿流同情的眼泪。翻身剧团在太行冀南各地上演,许多观众被感动得哭了,就是因为白毛女在诉苦、翻身,大家也在诉苦、翻身!翻身人要看翻身戏,各地剧团、宣传队、学校、爱好戏剧者都请快预约这个剧本。

这个剧本,后面附有许多歌谱。据作者说,某些剧情与曲调,出演的人,可根据当地情况、群众口味来更动。张家口出演这个剧时,就曾把曲调改成"落子",效果也很好。

《夫妻劳军·黑板报·钉缸》

推荐给农村剧团的一本好书,调子都可以演唱。

这个剧本,包括三个歌剧,各种调子都可演唱。三个剧内容都不同,《夫妻劳军》剧情生动,写夫妇两人,慰劳自卫战的情形。《黑板报》写一个老庄户怎样从不愿意识字,转变到愿意读报学习。《钉缸》是把旧剧《王大娘补缸》,改成拿防奸做内容的新型秧歌剧。三个剧都易演易唱,适合农村剧团、小学校排演。

再版剧本《范小丑参军》《拥政爱民》《一捆柴》
《得胜归来》《周喜生作风转变》《赵申年》

这三本剧，适合农村剧团出演，内容反映军民关系，拥政爱民，军民合作；改变作风；生产劳动。

其他预告

《毛主席近影》《朱总司令近影》《刘司令员近影》

名家精刻，洋三纸精印，定价五十元，现款批发自运照定价打八折。

高小社会临时教材

《高树勋将军邯郸起义特辑》、《患难余生记》（韬奋著）、《一个女人的翻身故事》、《抗战八年来的八路军》（上下册）、《日历、农家历阴阳历对照表》、《争取全面抵抗的胜利》、《时事学习文件第三册》、《高小国语》（一册二册）。

五大干部读物再版

《腐蚀》（茅盾著）、《日用杂字》、《庄稼杂字》、《识字课本》、《儿童画教材》（阿福编）。

邓、杨等首长肖像、年画、春联

《小号兵》《改变旧作风》

（1946 年 11 月 10 日）

欢迎各地预约订购《苏联纪行》郭沫若著

一、《苏联纪行》不日由本厂出版，内容久已为人称道，确是一本干部的好读物。印书无多请迅速预购。预购者请先寄交本币一百五十元（长退短补），一俟出书即行尽先寄奉。

二、高初级各种课本已出齐全，望各地文化社、书店、学校，赶来购买。

三、本厂备有大批各种日历，请来批购。

裕民印刷厂谨启

地址：武安阳邑附近豆庄。

（1946年11月15日）

《新教育》月刊第二卷第二期目录

关于新教育方针的研讨 …………………… 崔斗辰、晁哲夫

教育工作中的形式主义问题 ………………………… 崔斗辰

教学法的演变 …………………………………………… 高镇五

国语教学法

  国文教学必须改造 ……………………………… 晁哲夫

  漳滨中学国语单元教学试验总结 ………………… 乃禾

  屯留一高的国语教学研究 ………………… 新太、家年

  怎样指导记日记 ………………………………… 李贞四

  改日记的经验 …………………………………… 赵振国

  关于记日记的几个方法 ………………… 湘泉、周逢

领导教员经验

  对目前昔阳小学教员中几个问题的研究 ……… 蔡良承

  我是怎样领导小学教师的 ……………………… 任登瀛

  调查研究分别领导 ……………………………… 张靖国

  涉县一高对分校教员的领导 ………………… 涉县一高

关于编写初小算术课本的自我介绍 ……………… 张逸□

绵上四五区文教近况 ················· 刘武

青年小民校

庙上青年们的学习与互助 ··············· 流风

小夜校，小互助 ·················· 赵竹亭

北流村的小民校 ·················· 步远等

桃阳的青妇补习班 ················· 陈志明

追悼红星小学教员张耀曙同志 ············· 连子伦

"张生厂，不平常！" ················ 又真

旧庙会的革新 ··················· 柴任平

新年乐（歌子）

　　本刊发行已早由裕民印刷厂负责，以后预购来款，请寄武安邮局转裕民印刷厂是盼！

（1946 年 11 月 15 日）

《儿童杂志》第五期

要目

当炮灰和当英雄 ··················· 涌

六岁的小姑娘 ··················· 张传训

我是个小先生 ··················· 陈占厚

草人（连环画） ·················· 王鸣

十六岁的女"爆炸大王"吕世花 ············ 明日

拥军模范的小成田 ················· 阎克昌

石叔的故事（长篇科学故事） ············· 彭庆昭

慰劳的小模范 …………………………………… 童友
清债租我的思想变化 ……………………………… 刘□唐
团结打狼 ………………………………………… 童喜爱
捣乱鬼变成模范（连环画）……………………… 郝廷俊
放哨（画）……………………………………… 小梁

  定价：本期四十元。

  预订：三期一百一十五元，六期二百二十元。

  华北新华书店发行。

（1946年11月25日）

《新大众》二十九期出版了！

要目

天下大事

  犯张垣蒋军到处吃碰 ……………………… 史言
  想□兵反对派又施骗局 …………………… 史言
  大战大杨湖（大鼓词坠子通用）………… 培时
保卫解放区的英雄们（续前）…………………… 健光等
三百人打退两千余进犯军（二十二）…………… 健光、仰坡
新战士王喜才打坦克 ……………………………… 蜀
打断了腿我还有嘴和手 …………………………… 战友
新郎参军 …………………………………………… 叶子
复员战士李新文归队 ……………………………… 史洪、一农
没有他们，我这从哪里来？（翻身教育）……… 子青
关于耕者有其田的一些问题解答（土地问题）… 王春
金月饼（暴露国民党区腐化）…………………… 陆范

碰了钉子的人（批评包办作风） …………………………………… 贺磊
三教河的卖字合作社 …………………………… 阎叩成、耿明厚

学习故事
  把《新大众》作教本 …………………………………… 赵振国

大众信箱
  注意漏了没翻身的穷人（翻身问题） …………………… 杨梦璋
  纠正大吃大喝现象（批评） ……………………………… 刘工商
  爱护自卫武器 …………………………………………… 康毓珍
  人才不好，找不下对象怎么办？（婚姻教育） ………… 孔献经

自修学校
  王玉兰是怎样学习的？（学习） …………………………… 更江

学生文坛
  "要你的钱，我实在不乐意啊！"（自卫战） …………… 韩世杰
  老太太爱护伤病员 ……………………………………… 袁少华
  秋天到（分述其南北现况） …………………………… 赵淑慧

有问必答
  朝鲜算不算独立国？"马日事变"和"南昌暴动"是怎么回事？讨吃的在街上走为啥没人管？怎样才是模范商人？未婚夫参军多年不回家结婚怎么办？寡妇再嫁能否带产？

小辞典 …………………………………………………………… 起鸣

《新大众》"书报劳军"专页
信号发出来了 ……………………………………………………… 蓝田
人多力量大 …………………………………………………… 张淑贤
  华北新华书店、韬奋书店发行。

（1946年11月25日）

《文艺杂志》第二卷第四期

十二月一日出版

要目

蒋介石的把戏	山仁
干涉苏联那一回和"调解"中国这一回	王春
五兄弟	昌言
煤潮	王南
组织起来	介云等
酱	胡奇
蝗军	幸岂
耿□林	苏众
财神	延登琦
记在北大文艺研究室的谈话	高沐鸿
我病了以后	孔更
窟窿岩	王前

本期定价一百元，只作零售预约不准长期订户，出份无多购者从速。

华北新华书店总经售。

（1946年11月30日）

《新大众》第三十期

要目

天下大事

全面抵抗、游击战争遍布敌后 …………… 申田
    战斗到底、粉碎蒋贼"和平"骗局

无敌英雄张嘉荣（大鼓词、坠子通用）…………… 培时

纸坊阻击战 …………………………………… 裴光

四川马 ………………………………………… 胡奇

"下次多劳上一些"（劳军小故事）…………… 文喜

从来没有见过这样的老百姓 ………………… 张鸿烈

民兵加油干（短歌）…………………………

申爱民班与房东老太太 ……………………… 申爱民

"鸡犬不惊"的蒋军 …………………………… 孔更

刘百万和佃户王忠（民间故事）……………… 叶子

王郎村的斗争果实是怎样分配的？ ………… 梁维直

好好干，干什么也有前途！ ………………… 魏玉良

干了一件痛快事 ……………………………… 家年

大众信箱

    把粪沤到野外去 ………………………… 宋如意

    不是给地主打掩护，也是给地主打掩护 ……… 延命长

有问必答

书报劳军专页

    定价：本期零售五十元。

    预订：六期二百八十元，十二期五百五十元。

华北新华书店发行。

（1946年11月30日）

新华书店重要启事

首次外区书志运到本区优待本店存款邮购户

本店近由外区运来大批进步书志，计有著名的《苏联纪行》《恐惧与无畏》《人民是不朽的》等百八十种。该书系上海、华中、张家口、东北等地出版。唯数目不多，敝店专为优待存款邮购户，暂不发售。望各地邮购读者，迅速寄款或派人采购。本店备有书志简目，函索即寄。希我读者勿失良机。

新华书店武安冶陶总店邮购股启

（1946年12月2日）

《新大众》三十一期

要目

天下大事

　　出奇兵常胜军又打漂亮仗　伸正义斯大林再斥反动派 …… 申田

保卫解放区的英雄们

　　刘贵新两次爬城 ………………………………………… 郭愈民

　　季德明智勇脱险 ………………………………………… 王若

　　这回□没有扑了空 ……………………………………… 永录

百名英雄（张凤集歼灭战之一）（鼓词）………………… 培时

好榜样 …………………………………… 文杰、梅村

军属的小孩 …………………………………… 荣一农

辈辈兵（蒋军内幕之一） …………………………… 陆材

水底下的桥 …………………………………… 思亚

我这一辈子事算圆满了 …………………………… 纪光

打开局面的郝三乐同志 …………………………… 史平涛

重新走了正路的龙王村合作社 …………… 和顺联合办公室

蝙蝠是老鼠变的吗？ ………………………… 彭庆昭

把《新大众》作为区村干部的读物（大众信箱）……… 继勋

有问必答

　　一胎生两个小孩是何道理？怀孕后吃煤炭白土是什么原因？不生孩子是否能离婚？合作社人员是否该出差？军政机关生产部是否算作公营商店？

书报劳军专页（三）

　　零售五十元一本。

　　预订六期二百八十元，十二期五百四十元。

（1946年12月5日）

《儿童杂志》第六期

要目

原来是这样的 …………………………………… 华苏民

红毛强盗 ……………………………………………… 涌

十六岁的女"爆破大王"吕世花 ………………… 明日

蒋管区的世道（画） …………………………… 漫天游

两个钢盔漂水上 ………………………………… 培时
石叔的故事（长篇科学故事）………………… 彭庆昭
算卦的 ……………………………………………… 王碧
尹成德（连环画）………………………………… 鸿
养小鸡解决了大问题 …………………………… 陈杰
他受过蒋军的害 ………………………………… 高蓝记
三个小女同学的日记 …………………………… 成兰等
　华北新华书店发行。

（1946年12月5日）

《新教育》月刊第二卷第三期

目录

向前线输送文化食粮
为百万封慰劳信而努力

短评
控诉蒋介石的罪行 ……………………………… 履霜
悼人民女教师郭桂香

社论
　向冀鲁豫及同蒲前线文教工作者致敬 ……… 本社
冀南一中学生投笔从戎 ………………………… 伯刚
献金献力支援前线 ……………………… 孙经、迟逢等
新方针开始实施的太行中等教育 ……………… 曾漠冰
凤庄小学 ………………………………………… 李瑞祥
陶行知思想路线（转载）………………………… 陈家康

群众教育

把冬学办好——节录太岳行署对冬学运动的指示
　　……………………………………………… 太岳教育处
北流村的群众学习 …………………………………… 常江河
车元村的群众学习组织 ………………………… 绍瑗、福旺
烟子村的识字合作社
以小学为基础推动成人教育 ………………………… 马金科
健全宣传机构展开猛烈的宣传运动 ……………… 高邑宣联会

民教馆经验

民教馆工作经验点滴（转载）………………………… 项柏仁
武乡民教馆怎样开展自己的工作 …………………… 常江河
介绍刘金堂的鼓书队 ……………………………………… 束玉

读者来往

亟待解决的图书馆问题 ……………………………… 赵献清
改造"大鼓书"与"西洋镜" ………………………… 李永年
建立图书馆与改造西洋镜——致覆赵献清和李永年同志
　　……………………………………………………… 编辑室

人民教师

把冬学变成了群运的火车头——记模范义教耿成顺
　　………………………………………………… 高邑教育科
处处为群众的杨春堂 …………………………………… 岷山
边区文联赵健在临城的新创造 ………………… 太行一专教育科
翻身谣（歌）………………………………… 胡可词、刘钧曲
冬天里冷和暖的几种感觉 ………………………………… 一民

珠算教学

教二四飞归的方法（转载）…………………………… 白树仁

珠算加法歌 ………………………………… 郭增基

斤成两歌 …………………………………… 郭增基

用手指计算斤两法 ………………………… 逢、逛、迅

河西妇女识字班 …………………………… 李日秀

赵家□的儿童识字组

算算账 ……………………………………… 袁学海

　　本期五万多字，定价一二〇元。预购处：武安阳邑及涉县东豆庄之裕民印刷厂。

（1946年12月11日）

《大众科学》《儿童杂志》停止预订启事

　　近因纸张材料上涨，及各方条件不便，本店出版发售之《大众科学》《儿童杂志》，暂时停刊。前所预订尚未发给各期之余款，无论购买其他新书或提取现款，均请于十二月底以前来信，本店当即一一照办（退款之汇费由读者负担）。特此通知，不另行函，希读者见谅。

　　今后本店可给读者代购外区各种书籍杂志，如备购者，希将代购书款先寄本股，一俟购到，当可尽先发给。

　　总店：武安冶陶。

　　分店：长治、邯郸、邢台、焦作、左权城。

新华书店邮购服务股启

（1946年12月11日）

《儿童杂志》停刊启事

《儿童杂志》现从第七期起，决定暂时停刊。所有以过去来稿存稿，由本社负责转新大众社处理。敬希作者读者鉴谅。

此启

儿童杂志社

十二月一日

（1946年12月18日）

华北新华书店
韬奋书店十二月份新书出版介绍（一）

文学名著《腐蚀》

茅盾著

《腐蚀》是名作家茅盾先生在抗战期间的巨著，以一个女特务的自白，描写了国民党特务机关内部的残忍、猜忌、荒淫、无耻。茅盾先生这部小说，活生生地刻画出了特务头子蒋介石如何在毒害这一代的青年男女，腐蚀着民族的精英，腐蚀着中国，也腐蚀着自己——蒋介石国民党。

本书在上海出版后，很快便为国民党反动派所禁止。为了使解放区军民明了国特内部的丑恶，现已由韬奋书店重印出版。

《论党》

刘少奇著

本书为刘少奇同志历年所著党的建设文献，内容包括《人的阶级性》《作一个好的党员，建设一个好的党》《论党内斗争》《反对党内各种不良倾向》《民主精神与官僚主义》《清算党内孟塞维主义思想》等篇，各级干部均宜人手一册，用以提高自己的政治修养。

《论共产党员的修养》（第二部分）

刘少奇著

本书是根据刘少奇同志在华中党校的报告，整理出来的。刘少奇同志在这本书里，阐述了共产党员在组织上与纪律上应如何来进行修养。内容分七节：一、论党员与党及其他党员的关系；二、民主集中制的执行；三、党的上级与党的负责人如何执行民主集中制；四、"自愿"和"强迫"的统一；五、自由与必然；六、党的干部政策和干部对党的态度；七、工农干部与知识分子干部或者老干部与新干部的关系问题。

《争取全面抵抗的胜利》——时事学习文件之三

华北新华书店编辑部编

这册书是在张垣失守以后收集的十余篇关于时局的论文。从这册里面，可以认识最近时势的特点、变化，了解蒋美的阴谋及我军必胜的道理。

《中华民国三十六年农家历》

一百二十元一本。

这历书不仅将阴历、星期、节令对照得清楚,还将每个节令来历,农家要做什么事都详细地说了,并告给大家一些必要知道的常识,如:怎样种、种牛痘、除害虫、制骨肥、摧花打杈,梅毒淋病防治法,纪念节日的来历等。农家不可不备,就是对机关、学校、部队指导生产也很有用处。

《春联》

这本《春联》,包括对联千余副,各行各业应有尽有。翻了身的群众、工厂、学校、机关、部队、作坊、商号等,年关庆贺时都可照着写上几副。要啥有啥,样样俱全,由你挑选吧。

《日历》(即月份历)

麻纸四十元,油光纸五十元。

《阴阳历对照表》

现改为三十元一大张。

苏联文艺创作

《人民是不朽的》(格罗斯曼著)、《恐惧与无畏》(别克原著)、《战斗员阿列克塞》、《勇敢的人们》。

《日月星辰》

何澄

供给各地农村剧团年关演用,歌唱翻身、自卫的剧本、鼓词。

《百名英雄》(大鼓坠子均能唱)——新大众丛刊之五

培时著

本书写的都是冀鲁豫前线五次大捷中的英勇故事，包括《大杨湖歼灭战》《百名英雄》《无敌英雄张嘉荣》等鼓词四篇，篇篇都是英雄们用血泪写成的史诗，为年关宣传中的最好唱本。

《登封惨案》《张凤兰劝夫》（大鼓坠子通用）

张友、林作

去年双十二协定后，我军为了争取和平，退出中原解放区。蒋介石国民党却在中原解放区残杀当地群众同我们的伤员，登封惨案就是写的这次蒋军破坏和平的罪恶。张凤兰是翻身的模范妇女，她听说蒋介石倚靠美国反动派要来进攻解放区夺取人民的斗争果实了，便用保卫家乡、保卫田地、保卫果实来劝说她的丈夫参军。这两个唱本，都可做年关宣传中的好材料。

《光荣花》《群英会》（秧歌剧）

富春、履祥等作

本书包括两个歌剧：《光荣花》是描写一个参军的小伙子与他妻子，把保卫边区保护大众的利益放在第一位，自己放在第二位，得到群众的爱戴。《群英会》是以劳动杀敌英雄大会为主题，写出了英雄的模范事迹与模范经验，所以，不仅使读者看了剧，也顶看本生产指导手册和战斗范例。

《两种作风》《军民一家》（秧歌剧）

大军区文工团创作

张副政委与任部长对这两个剧，都有较高的评价，《两种作风》一剧，尤其得到张副政委的称评。《两种作风》是以改变领导作风，来改善官兵关系为题材；《军民一家》是以解放区军民关系为题材。

这两个剧，在各地部队，群众中演唱都曾收到很大效果。

《老雇农杨树山》《平鹰坟》（大鼓坠子均可唱）

《老雇农杨树山》是写地主压迫农民，后来农民翻身算账的故事；《平鹰坟》是写恶霸压迫农民，后来农民翻身算账的事。这两个唱本，不仅可以增强群众对恶霸、地主的仇恨，也可赋予群众团结起来、翻身算账的力量。

《白毛女》

"旧社会把人变成鬼，新社会把鬼变成人"，看了《白毛女》以后，再不吭气的人，也会忍不住对恶霸地主的愤怒，也会忍不住为喜儿流同情的眼泪。翻身剧团在太行冀南各地上演，许多观众被感动得哭了，就是因为白毛女在诉苦、翻身，大家也在诉苦、翻身！翻身人要看翻身戏，各地剧团、宣传队、学校、爱好戏剧者都请快预约这个剧本。现正赶排，不日即出。预约三百元一本。

其他剧本预告

《夫妻参战》（秧歌剧）立云编

《翻身英雄皇甫其建》（鼓词）王乃堂编

总店：武安冶陶。

分店：河北邢台、邯郸，山西左权、长治。

办事处：河北南宫。

门市部：武安冶陶、阳邑、武安城里、涉县索堡。

（1946 年 12 月 20 日）

新编平剧《三打祝家庄》出版了!

印刷无多,购者从速。

编者:延安平剧研究院。

出版发行者:人民书店。

地址:武安阳邑镇。

每册定价三百元,批发七折。

(1946年12月25日)

《新大众》第三十二期

要目

天下大事

  冀鲁豫五次大捷歼灭蒋军一万 ………………… 申田

  蒋介石决心分裂召开非法"国大" ……………… 申田

复仇的故事 …………………………………… 章容改写

模范四连(大鼓坠子通用)……………………… 培时

保卫解放区的英雄们

  赵八妮 ………………………………………… 罗丰

  王化云不受贿 ………………………………… 吉林

  "不缴枪就揍死你" …………………………… 勇进

  得了枪,治好了病 …………………………… 杨健

  雷班长巧□杀敌 ……………………………… 佚名

  飞行的爆炸弹 ………………………………… 政通

索老兴"还乡" …………………………………… 郭炳南

三兄弟 ………………………………………… 李导民

怎样对待俘虏 …………………………………… 怡非

毛主席的相片 …………………………………… 马逢顺

亲父杀亲子（蒋管区的事情） ………………… 汤洛

"白瞎"当了先生 ……………………………… 孙治安

介绍一个认字办法 ……………………………… 赵振国

过了难关（自修学校） ………………………… 郭民愈

大众信箱

  赶快建立黑板报 …………………………… 刘中清

  新社会也不许媳妇欺侮婆婆 ……………… 李吉生

  寡妇生孩子怎么办 ………………………… 峰珍

有问必答

书报劳军专页（四）

  零售：五十元一本。

  预订：六期二百八十元，十二期五百四十元。

  华北新华书店发行。

（1946年12月25日）

华北新华书店韬奋书店新书出版介绍

  总店：河南武安冶陶。

  分店：河北邢台、邯郸，山西长治、左权。

《王贵与李香香》——陕甘宁边区民间革命历史故事

  李季著

《王贵与李香香》，是民间革命和恋爱的故事，作者运用民间比喻诗的崭新形式，深刻细致地口述王贵和李香香在旧社会里，受尽了地主、土豪的剥削压迫，爱情受到离间，生活受到威胁。后来，依靠共产党，团结闹革命，才打倒那些吸血鬼，过幸福日子，他俩才团圆了。读了这书，可以看出翻了身的人们，是不会被任何反动势力所吓跑的，团结斗争，一定会取得胜利的。在今天为争取自卫战争胜利的时候，这书对我们更有益处。

《中国通史简编》第五册

研究历史的目的，不仅在于了解人类是怎样发展的，而且重要的是从这样许多错综复杂的史料里，得出人类发展的规律来，指导我们当前的实际斗争。所以，作为一个革命者来说，对于历史的研究是不可轻视的。但在我们许多的历史书里还找不出比《中国通史简编》适合学习的书来，因为他分析既正确，材料又丰富。

这本第五册，所叙述的是从元到清初这三四百年中国社会发展的具体情况，将这段历史内的生产方式、经济结构、阶级关系、种族斗争、政治制度、文化状况等，都用新的观点、方法分析出来，可作自修读物，也可作为中等学校的历史教材。

《保卫解放区的英雄们》——新大众丛刊之四

读者同志们，你在尽力做好工作、支援前线的时候，不是也在想念前线的战士，如何勇敢、坚决、歼灭进犯的蒋军吗？这本书所收集的，就是前线英雄们的故事，每个故事都可告诉你：爱国、自卫的人民军队是怎样的勇敢无敌；卖国内战的走狗们，是怎样的狼狈可耻。（七十元）

《英雄翻身皇甫其建》（鼓词）

王乃堂编这是王乃堂同志写的一本鼓词，是写群众运动中，卑鄙无耻的地主、狗腿们，如何使用钱财、诡计，想诱惑收买领导群众翻身的英雄，皇甫其建如何坚持自己的立场，揭破了地主的阴谋。群众干部、各地农村剧团都可作为自修读物，与年关宣传材料。

《保证打胜仗的人》——新大众丛刊之六

这册书里辑的是后方支援前线的十多个故事，篇篇都充满军民一体的斗志和为保卫翻身果实斗争的决心，具体地表现出解放区人民为着打败卖国贼蒋介石是不惜拿出一切来为着前方的胜利。

本书里的文章，现实生动，做高小初小以及民校的教材，也很合适。

《美国反动派走向了希特勒的道路》翦伯赞等著

课本

高小国语第一册

高小国语第二册

高小社会临时教材

高小历史第二册 七十元

高小历史第三册 七十元

高小地理第二册 七十元

高小地理第三册

高小地理第四册

初级国常合编一册 七十元

初级国常合编三册 八十五元

初级国常合编四册 八十元

初级国常合编五册 七十五元

初级国常合编六册 九十元

初级国常合编七册

初级国常合编八册

初小算术第六册 九十元

初级算术第七册 一百元

初级算术第八册 九十元

绘图日用杂字 五十元

绘图庄稼杂字 六十元

现款批发一律打八折优待

《儿童画教材》

邹雅编

许多地方学校，都感到学画教画没有教材和模本，没法下手。本书就能满足大家这种要求，内有各种图画，简单易学，由浅入深。每幅画后，加有说明，具体地告知大家学画的基本知识。

(1947年1月10日)

《文艺杂志》第二卷第五期目录

民国三十六年一月一日出版

欢迎预约、邮购、代售

敬献前方将士	本刊
战地鳞爪	齐语
大杨湖之战的英雄们	马丰年
你们来得正好	胡祉
寄延安	鲁藜
新仇旧恨	刘江、赵正晶

文艺随笔 …………………………………………………… 史纪言
六个与六百个 ………………………………………………… 大卫
记与荒煤同志谈话并附加一点意见 ………………………… 高沐鸿
翻身日记 …………………………………………………… 登瀛等
燕赵秋野 …………………………………………………… 柯岗
失望 ………………………………………………………… 辅息
送别 ………………………………………………………… 迦陵
麻糖 ………………………………………………………… 毛茂春
再一辈子也得革命 ………………………………………… 郝志坚

  附：本期定价一百五十元，只零售。预约、邮购按定价九折优待发给，不作长期订购。

  总经售：华北新华书店。

（1947年1月10日）

《北方杂志》第一卷第六期目录

为粉碎蒋介石出卖祖国决心全面分裂通电（来件）

向爱国自卫战争中的英雄们致敬（特辑） ………………… 范文澜等

写兵 ……………………………………………………… 孙定国

前线报告

  纸坊阻击战 …………………………………………… 裴光
  打垮整三个师的主力 ………………………… 王剑青、靳以静
  七百个敌人倒下了 …………………………………… 罗丰
  坚守小左庄 …………………………………………… 段文南
  六间房子 ……………………………………… 杨一平、久田

守董庄的第二连 …………………………… 孔醒民

"四川马" ……………………………………… 胡奇

周庙登围的英雄们 …………………………… 方萌

纺花车与枪（独幕剧）………………………… 胡奇

秋天·乡村特写（散文）……………………… 鲁藜

石榴花开（诗）……………………………… 胡征

高尔基街上的对话（翻译）…………………… 赫尔塞

慰劳（木刻）………………………………… 罗工柳

保卫延安（歌）……………………………… 荒煤

编印新年对联的经验 ………………………… 谢芳春

《恐惧与无畏》（新书介绍）………………… 鹿特丹

恩格斯的故事 ………………………………… 柏桦

提倡连环画 …………………………………… 唐平铸

年画的内容与形式 …………………………… 鲁美

本期零售一百元。

华北新华书店发行。

（1947年1月13日）

新编平剧《三打祝家庄》出版了！

印刷无多，购者从速。

编者：延安平剧研究院。

出版发行者：人民书店。

地址：武安阳邑镇。

每册定价三百元，批发七折。

（1947年1月13日）

《新教育月刊》第二卷第四期目录

展开年关宣传运动

自唱自乐自编自教（转载）……………………………萧寒、绍武

太岳布置年关文娱宣传

教育工作中几个思想方法问题………………………………崔斗辰

给新解放区小学教员的一封公开信（转载）…………………木兴

豫北联中的工学团教学计划

"自治生"与"自治书房"……………………………………史华甫

战时儿童做些啥？……………………………………………毛茂春

一切为了前线（文教消息）

开展冬学运动

  太行二专署关于冬学的决议

  衡水冬学的检讨与方针……………………………………迟逢

  涉县小冬学集锦………………………………………献清、郭忠等

  和顺集训义教深入检查过去明确今后方向…………………张树林

  清河集训义教展开冬学运动……………………………遵道、耕夫等

人民的学校

  张怀轩与大花园头群校（转载）……………………………冠县教育科

  向张怀轩学习……………………………………………………同民

  沁南高校的"爱生敬师"运动…………………………………荣一农

  师生团结将促进社会进步

东成的小先生和妇女民校 …………………… 吴瑜、郭鸿仪
武安三王村的儿童小夜校 ……………… 武安三王村教员黄震堃
流泽学校一月来红星运动的成就 …… 壶关五区联合校长郭学毓

以作为学

怎样教学和根据什么教学 ………………… 元朝教育科郭养之
"以作为学"的教学方法 ………………………………… 元朝一高
介绍元朝三高的两个"单元"教学 …………………………… 同民
清丰二区的"示范教学" ……………………………………… 力民
谈谈棉衣和人的关系 ………………………………………… 一民

文娱资料

庆祝胜利年（快板剧）………………… 武高八高郭如升、张靖国等
翻身不忘共产党（快板）……………………………… 赞皇教育科
翻身年（歌子）………………………………………… 奇之填词

"大家想办法"揭晓

（1947年1月19日）

《白毛女》（六幕歌剧）现已出版

为各界人士所仰望的名歌剧《白毛女》（六幕歌剧）现已出版。
定价四百元，现款批发一律打七折优待。
书出无多，希购者从速。
韬奋书店发行。
各地新华书店、文化合作社代售。

（1947年1月24日）

韬奋书店新书

《新经济学讲话》（再版本）

邓克生著

经济是社会的基础，经济学是研究这个社会基础的学问，因此经济学可以告诉大家每个社会发生发展灭亡的原因，指出改造社会的方向与武器。一个革命工作者，既要改造社会，所以一定要研究经济学，可是一般人都对经济学感到枯燥、无味。本书在写法上是由极平常的事说起，能使读者像听故事一样地无意中得到许多基本知识。

《夫妻参战》（大小落子均可唱）

立云编

这是写一家小两口，为了保乡保田，男的是民兵争着上前线；女的是模范妇女，争着要去抬担架，都要为爱国自卫战争出力。有意义，有情节，人物不多，剧情曲折，适合各地农村剧团演唱。

（1947年1月25日）

《新大众》第三十三要目

天下大事 ………………………………………… 申田

保卫解放区英雄们

　　小鬼捉了个大俘虏 ……………………………… 鲁一

血溅山炮 …………………………………… 李宝奇

一过来就立功 ………………………………… 王虎田

猛虎掏心 ……………………………………… 王若

东柏峪群众拥军快板 ………………………… 李保善

"这是保卫自己的家" ………………………… 马玉恒

交通员诺维科夫（苏联爱国自卫战争的故事）………… 章容改写

毛主席能治神经病 …………………………… 霄朗

俺和杨主席吃饭 ……………………………… 赵正晶

二牛媳妇上吊（蒋管区的事情）……………… 不平

血海深仇 ……………………………………… 胡容

另外有读者俱乐部、学生文坛、有问必答、书报劳军专页。

华北新华书店发行。

（1947年1月25日）

新　　书

《艰苦奋斗迎接光明》（时事文件）

剧本四种：《石存金发家》《纺织好》《蒸干粮》《保卫好时光》。

以上剧本，内容丰富，适时易懂；对目前自卫战争及大生产运动，富有教育意义。农村剧团不可不备。

太行新华书店启

（1947年1月31日）

大批新书欢迎批发欢迎邮购

本店竭诚为工农兵群众服务，解决读者的困难，最近运来山东、东北、上海、华中各大书店出版的新书三百余种，因种类繁多，不便一一详载，兹介绍几种于下：

《恐惧与无畏》（上下册合订本）、《自卫战见闻录》《红日初升》《患难余生记》《胜利带来了一切》《时事简解》《屠刀下》《社会科学基础教程》《战后殖民地问题》《虹》《人民是不朽的》《出版工作基本知识》《论美援蒋》《自卫战见闻录》《中国革命运动史》《山东人民的新生》《华中少年》《逼上梁山》《民主建设》《文综》《胶东大众》《江淮文化》《山东教育》《山东文化》（共五期）《新华文摘》（一期至二卷一期，共十三期）。

大众文库十五种：故事、通俗小说、诗歌、社会、语文、时事，并带有插图。

连环画：《英勇奋斗十八年》《人间地狱》《反攻》《变工》《恨中央》《山东画报》。

鼓词三种：《小二黑结婚鼓词》《晴天鼓词》《翻身鼓词》。

戏剧：歌曲、歌谣、戏剧丛书共十余种（山东省文协编）。

《歌与剧》：一、二、三、四、五期（新四军山东军区政治部文工团编）。

地址：冀南临清市马市街。

鲁西北书店、山东新华书店临清办事处同启

（1947年1月31日）

新书介绍：苏联文学丛书

《宁死不屈》

郭尔巴托夫著　苍木译

郭尔巴托夫是苏联著名的随军记者，他写的这部《宁死不屈》，曾在去年一月获得苏联第四届斯大林文艺奖金。加里宁曾介绍过这本小说，说它很好地描写了对于德寇的仇恨。这部书确切地写出：布尔塞维克党怎样不屈不挠地活动，把千万宁死不屈的人民团结在一起，终于使解放日子很快到来。定价四百五十元，华北新华书店发行。

《爱与恨》

考什夫尼科夫著　汪浩译

本书包括苏联爱国战争中的七篇名作：有的写英勇刚毅的红军战士，有的写从恐惧到无畏的英雄，有的写铁石心肠的小姑娘，有的写宁死不屈的老运水夫。这些故事中所描写的苏联人民爱与恨是很明显的。他们爱的是保卫祖国的英雄们，恨的是卖国贼。这种感情是值得学习的。定价一百元，华北新华书店发行。

《苏联红军英勇故事》

在苏联爱国战争中，苏联红军不仅大大发扬了苏联人民热爱祖国的勇敢精神，而且非常迅速地精通了现代战争的技术。本书所辑的故事，就是苏联红军（包括游击队）英勇史诗的实录之一部，计有《丹娘》《依里亚·库仁》《一个女射击手》《大海上的三昼夜》《勇士》《孩子的心》《游击队的女儿》《战斗的步兵团》等。这些故事，对于我们正在进行自卫战争的人们，是会特别亲切的。定价一百二十元，华北新华书店发行。

《独子》

西蒙诺夫著　一百七十元

《独子》是苏联著名作家西蒙诺夫写的故事，写一个侦察队中尉叶尔莫洛夫受伤后的英勇行为同他父亲在儿子牺牲后的心情变化，这里告诉我们苏联人民怎样把保卫祖国放在第一位认为是至高无上的光荣。本书里还有苏联作家格罗斯曼写的一篇小说：《生命》，是写一小队红军被德军包围了，这队红军由二十七人战斗到八个人后，转移到矿井内坚持着，德国人用尽各种软硬办法无结果，他们一直坚持了十二天，才从饥饿、疲惫、强敌的威胁下打出来的故事。韬奋书店发行。

（1947年2月6日）

《北方杂志》第二卷第一、二期目录

木刻：翻身揭石板……………………………………杨筠
封面设计………………………………………………陈因
论坛
　　研究中国历史的锁匙……………………………范文澜
　　蒋介石绞杀文化…………………………………光未然
　　人民的朗诵………………………………………孙定国
　　龙山文化与仰韶文化之分析……………………尹达

前线报告集

  追歼蒋军三一二团 …………………………… 张瑛

  骑在榴弹炮上 ………………………………… 杜炳如

  药包，手榴弹 ………………………………… 张玉兴等

  四英雄大战曹家垓 …………………………… 黎木

  东富春战斗中 ………………………………… 菲利

散文

  人民的爆发 …………………………………… 高沐鸿

英雄传

  孟兆义（翻身英雄） ………………………… 葛洛

  新人（女劳动英雄） ………………………… 曾克

介绍

  读了《李家庄的变迁》 ……………………… 郭沫若

列宁逝世纪念

  列宁的科学工作方法 ………………………… 克鲁普斯卡娅

  列宁怎样做编辑工作 ………………………… 克鲁普斯卡娅

工作经验

  谈民间艺人和雕塑 …………………………… 工柳

  □□大学的戏剧运动 ………………………… 张立云等

解放区经济繁荣的图景 …………………………… 梁维直

"无裆裤子"的文化（杂文） …………………… 思基

□佃座谈（报告） ………………………………… 林沫

诗选

  幸亏共产党 …………………………………… 乔羽

  大进军 ………………………………………… 芦甸

  马凡陀山歌选 ………………………………… 马凡陀

通讯

中国那里有民主自由 …………………………………… 洪飞

西沟见闻记 ……………………………………………… 王巨林

文摘

苏联文化新政策 ………………………………………… 米特尔

一位美国记者的赤区纵横谈 …………………………… 钟行

抗战一日

大阳镇伪军的反正 ……………………………………… 伊平

掩护 ………………………………………………………… 燕云

翻身歌谣 …………………………………………………… 宋祝勤等

劝妇□（秧歌剧） ………………………………………… 华含

歌选

英雄曲 …………………………………………… 同夫、刘恒之

□军 ……………………………………………… 李悦、田耘

编辑出版：晋冀鲁豫边区文联。

发行：华北新华书店，本期一百页约十八万字。

（1947年2月16日）

华北新华书店出版"中国问题研究社丛书"

《人间地狱》（丛书之一）

《人间地狱》是搜集的关于蒋管区情形的一些通讯。材料也大多摘自国民党统治区的各报纸。从这本书里，可以清楚地看出蒋管区人民的苦难生活，更可以看出国民党蒋介石如何在糟蹋着中国人民。

这是蒋管区真情实况的一面镜子，大家有一看的必要，在了解国民党统治区的情况上，会有很大帮助的。（二百五十元）

《蒋管区民谣集》（丛书之二）

本书所辑的民谣，大多是蒋管区的报纸刊物上选下来的，请大家可从这简短的八九十首歌谣里，看出蒋家政权糟蹋老百姓到了如何的程度，看看美帝国主义者加紧殖民地化中国的景象是怎样的！（一百元）

《一块遮丑的破布》（丛书之三） 印刷中

《农民泪》（丛书之四） 排印中

（1947年2月18日）

《文艺杂志》第二卷第六期目录

太行各界抗议美军兽行 援助全国学生运动		（一）
前线英雄故事	炳如等	（三）
猎人之母	柯岗	（七）
一碗面	梅村	（一一）
交公粮	昌言	（一二）
小民兵	李紫	（一三）
当了席上宾	丁曼等	（二〇）
逃难者	舒天巩	（二一）
《烟草路》读后感	思基	（二二）

大鱼和水獭的勾结 ……………………………… 金羊（二五）

永远挂在我心上的肉 ……………………………… 润苍（二六）

剧话 ……………………………………………………… 佛量（二七）

爸爸回来了 ………………………………………… 林十柴（三三）

本刊一年回顾 ……………………………………………（三六）

打断了胳膊还要求上火线 ……………………… 村田等（三八）

暂别沁河 …………………………………………… 棘木（三九）

英雄恰巴耶夫走遍了乌拉尔……… A．亚历山大罗夫遗作、朱子奇译

封面木刻 …………………………………………………… 吉林

封底木刻 …………………………………………………… 炜克

华北新华书店发行。

（1947 年 2 月 18 日）

《福　贵》

赵树理著

这是赵树理同志写群众运动的短篇小说集。《福贵》是写旧社会如何把好人变成人人看不起的臭狗屎，翻身运动后这些被作践的人才吐气扬眉。书内《地板》一篇，《解放日报》编者曾称为群众运动中有力的作品，晋察冀、冀中等地报刊，都曾转载过。

赵树理其他小说

《李家庄的变迁》《李有才板话》《小二黑结婚》《孟祥英与郭凡子》

欢迎代售、批发。

华北新华书店发行。

(1947年2月19日)

《新大众》月刊第三十四期要目

天下大事

  新年新胜利消灭敌人七万

  蒋贼无耻又放"和平"空气 …………………… 何欣

美军滚出中国去 ……………………………………… 辉南

反对老蒋卖国（快板）………………………………… 梅怀仁

老百姓翻了身（歌）…………………………………… 王平

天也给卖啦 …………………………………………… 绍谖

十项任务

保卫解放区的英雄们

   □□铁的战士李治五 ………………… 胡奇、唐田

  袄袖上的血 ……………………………………… 李文波

  一支箫得了两支枪 ……………………………… 崔家风

紧随军队 ………………………………………………… 罗村田

一封家信 ………………………………………………… 金□

"这才是瞎操心啦" ……………………………………… 卢耀武

郭兴武工队（太行山英雄传）………………………… 曹治国

娜达丽的故事 …………………………………………… 章容改写

"四大王"的转变 ………………………………………… 范仁杰等

"群众路线就是好" ……………………………………… 王丕玉

内分泌（科学讲话）…………………………………… 彭庆昭

刘二和与王继圣（长篇连载）……………………………赵树理

此外还有大众信箱、工作讨论、学生文坛、读者俱乐部、有问必答、图画、劳军专页等，内容很丰富。

从本期起，改为月刊，文章增加一倍，定价一百元。

华北新华书店发行。

（1947年2月28日）

《文艺杂志》三卷一期目录

三月一日出版

本刊今后的希望 …………………………………………	本刊
夫妻顶嘴 …………………………………………………	尔荷
圈套 ………………………………………………………	阮章竞
从□二伟与白鼻子谈起 …………………………………	紫笙
申海珠 ……………………………………………………	冈夫
老顶头 ……………………………………………………	史林碧
石头和脑袋 ………………………………………………	司马达
土金 ………………………………………………………	林湘
模范难民 …………………………………………………	郑子
道蓬庵农村剧团的经验 …………………………………	璧夫
女副村长 …………………………………………………	毛茂春
傻瓜 ………………………………………………………	一伟
忙牛夫妇 …………………………………………………	玉田
毛主席才是真救主 ………………………………………	燕云
□马保 ……………………………………………………	刘晓晞

出书无多，欢迎批发、邮购、预约。购者请到华北新华书店各地分店邮购服务股。长期邮购当特别优待。

新华书店发行。

（1947年3月4日）

新 书 预 告

"俄罗斯名将传"——《苏沃洛夫元帅》

苏联 I. 巴克梯利夫、A. 拉佐莫夫斯基合著

瞿白音译

本书是两个伟大战略家的传记，一个是苏沃洛夫，一个是苏沃洛夫的学生库图佐夫。这两个传记简明扼要地刻画出了他们的精神：对祖国的热爱；对自己的不能毁灭性的坚信。

苏沃洛夫与库图佐夫，都是把自己的一切行动从属于一个主要目标——彻底消灭敌人——的伟大统帅。对今天正从事着爱国自卫战争的我们，这本书是有很多教育意义的。

华北新华书店发行。

（1947年3月4日）

《洋铁桶的故事》

柯蓝著　王鸿插画

曾受到中外文化界称赞的陕甘宁《边区群众报》，登过一部章回

小说——《抗日英雄洋铁桶》，就是现在这一本书。这本书在《群众报》上登载时，便得到延安周围老百姓的喜爱。陆定一同志也认为是在"小说的领域里展开了新的一页"。

本书是以一九四三年太岳区军民围困沁源为题材，来写一位群众的英雄洋铁桶。我们晋冀鲁豫边区的军民来读这一本书，当会更加亲切的。

韬奋书店发行。

（1947年3月4日）

韬奋书店再版苏联文学名著

《文件》

L. 班台莱耶夫作

这是《表》的作者、苏联班台莱耶夫的又一童话，是苏联文学名著。取材于苏联内战时代的军事生活，写一个红军的通讯员，通过处境很险恶的地方去送一封重要文件，途中叫反动的白党捉住，后来跑出又被误会时的英勇行为。

一个革命者，应该如何地忠实于革命，书中的主人翁，就是很好的范例，所以这故事看起来，真是使人手不释卷。文字通俗、生动，是本很好的群众读物。

（1947年3月4日）

《铁　流》

周文改编

　　《铁流》一书，原为苏联绥菲摩维奇著，这本是改编了的大众本。书内是写二十九年前，苏联古庄的农民、水手、手工工人参加十月革命的故事。为着争取自由解放，我们看这伙"乌合之众"，在劲敌的屠杀下，带着女人孩子，穿着破烂衣裳，赤着足，一个人只有三颗子弹，有一大半简直只有一支空枪。这样的军队，在不能形容的艰苦中，终于粉碎了敌人的重围，扫荡了劲敌，打开全部武装的城池，建立了自由幸福的生活。这是多么伟大的壮举啊！在我们正在进行自卫战争的时候，看这本书，是会特别亲切的。这个故事，很明显地告诉我们：苏联今天的强大，是从艰苦斗争中得来的，人民的战争是必然会胜利的。

（1947 年 3 月 4 日）

《列宁斯大林故事》

　　本书包括苏联民间传说的列宁故事，与列宁、斯大林工作、学习、作风等故事数十篇。从这许多故事里，我们可以看到苏联的人民如何信仰、钟爱他们的伟大革命领袖，列宁、斯大林又是如何地热爱无产阶级的人民。

　　华北新华书店发行。

（1947 年 3 月 7 日）

《吕梁英雄传》

西戎、马烽著

这是一部新的章回小说,是写吕梁山上的民兵英雄。写了这些英雄们的事迹,也写了他们是怎样成长壮大起来的。这本书在《晋绥大众报》上连载时,就受到广大读者的热爱,许多学校采为教材;民兵们把他当作文件,读了以后,就反省自己,改正工作。本书在上海,并曾得到郭沫若、茅盾等的赞扬。现第一、二□已出版,请大家快购。

韬奋书店发行。

（1947 年 3 月 7 日）

裕民印刷厂广告

本厂最近新出版大批高初级课本,欢迎各县学校寄款邮购或自取,特予以八折至七折之优待。

《新辞典》现已出版了

每部七百元。购数在十部以上者予以八折至九折优待。

《苏联纪行》

郭沫若先生著,每册二百五十元。

《一切为前线》（剧本鼓词）

每册一百五十元。

《新教育》杂志

现已出版至第五期,其内容专为推行新教育方针。凡从事教育工作者,均应购备以资借镜。第一、二期一百元,第三期一百二十元,第四期一百五十元。

总发行处:涉县豆庄本厂、武安阳邑本厂。

代购处:晋冀鲁豫全区各县文化合作社。

(1947年3月7日)

华北新华书店出版"中国问题研究社丛书"

《一块遮丑的破布》(丛书之三)

从本书所辑的文章里,读者可以看到四大家族同他的爪牙,怎样在美国反动派的帮助底下,以"新征服者"的派头,抢夺人民胜利的果实;他们怎样到处"劫收""清查",给受了敌伪八年蹂躏的蒋管区人民,又加上空前的耻辱和灾难!(一百三十元)

《人间地狱》(丛书之一) 二百五十元

《蒋管区民谣集》(丛书之二) 一百元

《农民泪》(丛书之四) 排印中

(1947年3月13日)

《卜掌村演义》

这是《王贵与李香香》的作者又一著作,写的是破除迷信的故事。这里暴露了旧社会的统治者如何无中生有地编造神鬼欺骗大家,阴阳神婆如何使诡计敲诈钱财,新社会里怎样破除迷信、提倡卫生。书中很明显地告诉我们:要把旧社会彻底摧垮,破除迷信、提倡卫生是一件非常重要的事情,把几千年来旧社会给我们的毒素彻底清除,也是一件不简单的工作。请大家看看书中英雄崔岳瑞,在这两方面是如何成功的。

华北新华书店发行。

(1947年3月13日)

《清明前后》

本书为《腐蚀》作者茅盾先生的又一名著,具体地刻画了蒋宋孔陈四大家族怎样在摧毁民族工业。这本书是抗战胜利前夜完成,作者在这里面就指出:民族工业家除了团结起来争取民主而外,没有其他的道路;希望在胜利以后从四大家族手里分些果实,完全是幻想。一年来蒋管区的情况,已证明了作者见解的正确。本剧在国民党区上演时,许多民族资本家看了,都曾被感动得下泪。

韬奋书店发行。

(1947年3月22日)

《文艺杂志》第三卷第二期目录

"美牌""蒋记"天下 …………………………………… 本刊
打姬家山 ……………………………………………… 郑笃
保住咱们的产业 ……………………………………… 李众夫
送别 …………………………………………………… 阮章竞
丁秋秋 ………………………………………………… 小溪
给毛主席拜年 ………………………………………… 寒声
燃烧 …………………………………………………… 胡征
纺花 …………………………………………………… 冈夫
马瘭锅 ………………………………………………… 田生
丙更娘雪地送公粮 …………………………………… 佩蓝
不管他哪管你 ………………………………………… 叶枫
斗的故事 ……………………………………………… 吕梁
羊羔疯脾气 …………………………………………… 张碧生
仇恨 …………………………………………………… 李庄
写作杂记 ……………………………………………… 高沐鸿
涉县春节文娱运动 …………………………………… 卜克江
一九四六年文娱创作评奖 …………………………… 卜克江

木刻

    美蒋商业"友好"协定 …………………………… 枫川
    不尽美货滚滚来 …………………………………… 枫川
    丁秋秋插图（二幅）………………………………… 吉林
    给毛主席拜年插图（三幅）………………………… 吉林
    自力更生 …………………………………………… 木风

封面

欢迎预约、邮购、批发、代售。

华北新华书店发行。

（1947 年 3 月 25 日）

新书介绍：联共（布）关于《星》与《列宁格勒》的文件

这本小册子中收集的文件计有：联共（布）中央委员会关于《星》与《列宁格勒》两杂志的法令，联共（布）中央书记日丹诺夫《关于〈星〉与〈列宁格勒〉杂志所犯错误的报告》（全文），《苏联作家协会理事会主席团的决议》（全文），联共中央《关于剧场上演节目及改进方法的决议》（摘要），并附有列宁论《党的组织与党的文学》。这些文件对于文化工作者可以作为整风文件精读，以明确认识文艺的思想原则性，提高我们文艺的理论水平。就是一般的革命工作者，也可在这些文件的学习里面提高自己的原则性。

华北新华书店发行。

（1947 年 3 月 25 日）

《新大众》月刊第三十五期要目

天下大事

山东空前大捷，活捉蒋军指挥李仙洲

中共严正声明，反对卖国蒋美新商约 …………………… 何欣

反对蒋美商约（快板）……………………… 余逢龙

洗清新的国耻 ………………………………… 章容

彭连是怎样领导群众翻身和生产的 ………… 王丕玉

和尚当了劳动英雄 …………………………… 杨□□

当了劳动英雄去见杨主席 …………………… 王源渭

乔□□做新郎 ………………………… 如愿、廖文

三位财神爷 …………………………………… 林华

保卫解放区的英雄们

 英勇无比 …………………………………… 韦敏士

 "记□一大功！" …………………………… □仰□

 陈□□回来了 ……………………………… 苏众

焦五保战斗互助组 …………………………… 革飞

郭兴武工队（太行山英雄传）……………… 曹志国

内分泌（科学讲话）………………………… 彭庆昭

刘二和与王继圣（长篇连载）……………… 赵树理

大众信箱 …………………………………… 肖集仁等

积大米（民间传说）………………………… 马烽记

有问必答 …………………………………… 席裕民等

华北新华书店发行。

（1947年4月2日）

山东新华书店太行办事处启事

  为了更进一步予各地读者广大人民服务及边区各兄弟书店、文化机关、群众团体以及诸热心文化事业者取得密切联系交流经验，完成

目前自卫战争时期文化战线上的共同任务起见，不惜冲破一切阻碍与困难，由山东运到大批书籍（有上海版、大连版、华中版、山东版），望各地书店、机关团体前来速购。如承大批惠购，当特别优待。备有图书目录，承索即寄。

地址：设武安冶陶镇。

华北新华书店。

（1947年4月8日）

《冲过荆紫关——三五九旅长征记》

冯牧、孔厥等著

这是名震中外的王震将军旅胜利突围的故事。去年六月，卖国贼蒋介石，撕毁停战协议，企图围歼我中原军区。王震将军所部，被迫突围，进入陕南，但又遭胡宗南等十二万兵力的追击堵挡。王震将军所部，将其一一粉碎，终于克服一切艰险抵达陕甘宁边区。本书所记录的，就是三五九旅这次长征中，许多可歌可泣的事情。

华北新华书店发行。

（1947年4月9日）

《六年随从列宁》

斯·基尔著

作者是列宁的汽车夫，随从列宁六年，直到这一伟大的革命导师逝世。斯·基尔曾经常陪同列宁散步、打猎，故此他追忆出来的许多

故事，是极其亲切、生动的。从这许多故事里，可以使我们学习这一伟大革命导师的为人。

华北新华书店发行。

（1947年4月11日）

鲁西北书店、山东新华书店临清办事处启事

为了各地读者广大人民服务起见，由山东运来大批书籍（上海版、大连版、华中版、山东版），如欲购者，请前来接洽是荷。

地址：临清市马市街。

（1947年4月11日）

中国问题研究社丛书之四：《农民泪》

本书所辑的十余篇文章，都是写的蒋介石国民党田赋征□时，蒋管区农村的惨状：家家无米，户户流泪，卖儿卖郎，还要征粮，农村崩溃，家破人亡。从这些悲惨的图景里，可以看出在蒋介石统治下的人民，已不能活下去了，不能不揭竿而起，向独夫反抗。这是研究中国问题的参考书，想了解今天蒋管区的情形，有一读必要。

（1947年4月14日）

华北新华书店出版《毛泽东传》

斯诺著　汪衡译

本书作者斯诺（美国名记者）曾于一九三六年首次访问延安。这本书，就是他当时访问毛主席，和毛主席谈话记录下来的，原文曾载斯诺著的《西行漫记》中。本书共分四章：一、一颗红星的幼年；二、在动乱中成长起来；三、揭开红史的一页；四、英勇忠诚和超人的忍耐力。

（1947 年 4 月 17 日）

出版毛泽东名著征求预约启事

本店将陆续出版毛泽东同志历年来之名著，现已排印者，有《经济问题与财政问题》，该书包括有《经济问题与财政问题》《论合作社》《组织起来》《两三年内完全学会经济工作》等四篇重要论文，长达十五万余言。定价七百元一本，预约五百元，时间以四月底为限。来款请寄华北新华书店邮购股或长治、邢台、邯郸各分店即可。

（1947 年 4 月 18 日）

《新教育》第二卷第五期目录

洗雪国耻

雄猫博士的骚音 ………………………………………… 履霜

文教工作者起来，为人民立功！

社会

加强生产运动中的教育工作

在支援战争里学习

  衡水乡师教学与战争结合之一斑 …………………………… 迟逢

  我校的书报劳军和百万封信运动 …………………………… 南克俭

  武训师范的支援前线工作 …………………………………… 左明

  邢师慰问团赴北线劳军 ……………………………………… 杜枫

  民主政府对蒋侵区逃来学生的救济 ………………………… 郝海如

如何转民校

  冬学怎样转？ ………………………………………………… 束玉

  后牧牛池的经常民校 ………………………………………… 郝芝庭

  邱县冬学与中心工作结合 …………………………………… 刘习文

  又开脑筋又识字 ……………………………………………… 王继先

  关于妇女学习的几个问题 …………………………………… 刘庆麟

"做学教合一"的单元教学

  轧花单元的教学经验 ………………………………………… 邯郸中学

  执行中等教育新方针的一个初步经验 ……………………… 太行二中

  武安五高时事单元的学习 …………………………………… 陈向新

  武安八高时事大单元总结 …………………………………… 武安八高

茌平模范女教员杨知训 ……………………………………………… 连如

十五岁的郭玉玲办学十天的工作报告 ……………………………… 王一文

王士珍为群众 ………………………………………………………… 李偏

有组织割柴有计划学习 ……………………………………………… 王水琴

老百姓画报 …………………………………………………………… 赵寒

一九四六年教育工作统计

武安师范生活片段 …………………………………………… 武安通讯小组

《新教育》在涉县 …………………………………………………… 振华

粪和庄稼	一民
初级新课本词字浅释	本社
简谱讲话	俞平

(1947年4月22日)

《战时苏联游记》

〔美〕斯诺著　孙承佩译

这是关于战时苏联一个生动、深刻、有力的报告，接触的方面很广，前后方各种场面都接触到了；发展的程度很深，苏联人民的意志、精神、情绪都有栩栩如生的体现。著者不但报道了苏联的胜利，他更完美地报道了胜利是如何争取、如何创造的。在研究苏联问题上，这也是一本很有价值的参考书。

华北新华书店发行。

(1947年4月22日)

新编说书《刘巧团圆》

韩起祥编

延安的说书，曾受到陆定一同志的称赞，认为"显出民间艺人惊人的天才"。这本《刘巧团圆》，就是说书大家、延安的民间艺人韩起祥编的。他的特点是：用老百姓的话来说老百姓的事，所以受到广大听众的欢迎。这本书在延安周围的农村里，已说唱了五六十次，听众们还是百听不厌。

本书以反对买卖婚姻为主题，唱词活泼、有趣，容易上口。说大鼓、坠子的艺人们,也可演唱。

华北新华书店发行。

(1947年4月22日)

新编唱剧《官逼民反》

钟纪明、王玉新、黄俊耀、李微合合著

这个剧本是继《血泪仇》之后的又一名剧。本剧写出了今天蒋管区在四大家族卖国、内战、独裁底下,征粮征丁的惨况,广大人民被逼得无路可走,只有起来同独夫民贼作斗争的情形。

原剧虽是用秦腔写的,但各地剧团均可改用其他戏调演唱。本剧曾在延安上演二十余场,观众均有好评。

韬奋书店发行。

(1947年4月22日)

《新大众》月刊第三十六期要目

向烈士们学习好处(四八烈士殉难一周年)	东吴
天下大事	季首
保卫解放区的英雄们	
炮打西沽沟	安仰坡
"交枪是你们办的事"	万坤
小马立功	大挥
周玉章和书全	越风
儿皇帝的家谱	王春

袁九子 …………………………………… 孩五
张用成活捉大老虎 ……………………… 范仁杰等
没想到是头等模范村 …………………… 毛茂春
李顺达五年计划（太行英雄传）……… 益群
刘二和与王继圣（长篇连载）………… 赵树理
降低生活水平的营养问题 ……………… 彭庆昭
小学教员为什么不安心工作 …………… 何平

大众信箱

有问必答

学生文坛

　　定价：一百元一本。

　　华北新华书店发行。

（1947 年 4 月 25 日）

《一个苏联飞机构造家的自述》

　　雅可福烈夫著

　　本书作者——雅可福烈夫，是苏联一个最有名望的飞机构造家，苏联航空工业人民委员部副部长。《一个苏联飞机构造家的自述》一书，就是叙述他自己怎样长大，怎样学习，怎样为坚持实现自己的理想以贡献于国家而奋斗。他不仅叙述了一个富有天才和毅力的人的成功，且叙述了苏维埃生活的新条件，给他们开辟了实现理想、得到知识、技能和荣誉的道路。

　　读者可从本书里看到：苏联人民究竟因为具有何种品质，而能战胜万恶的法西斯。

华北新华书店发行。

（1947 年 4 月 29 日）

毛泽东著作征求预约启事

本店将陆续出版毛泽东同志历年来各种名著，现已排印者有：

《经济问题与财政问题》

本册包括下列各篇：

一、《经济问题与财政问题》

二、《论合作社》

三、《组织起来》

四、《两三年内完全学会经济工作》

全书十五万言，定价七百元，预约五百元，五月十五日截止。

《农村调查》

本册系单行本，目录如下：

《兴国调查》

《东塘等处调查》

《木口村调查》

《赣西土地分配情形》

《江西土地斗争中的错误》

《分青和出租问题》

《分田后的富农问题》

《土地法（一九二八年十二月）》

《土地法（一九二九年四月）》

《长冈乡调查》

《才溪乡调查》

《跋》

全书十三万言，定价六百五十元，预约五百元，五月底截止。

来款请寄华北新华书店邮购股或各分店即可。

华北新华书店启

（1947 年 5 月 7 日）

人民文化供应社启事

本社为服务各界，特制各种美术用品项目如下：

一、出售锡制证章、毛主席浮雕（新由延安带来原版）、红星、飞机等。

二、设计徽章、奖章、奖状、广告、图案、商标、股票、香烟装包、封面等。

三、绘制大幅领袖像（色彩俱全）、插图、连环画等。

价目：

毛主席浮雕像：甲、一百二十元；乙、一百元；丙、八十元。红星：五十元。飞机：四十元。

已出成品欢迎批发代售，价格面议。

代办处武安阳邑人民书店。

（1947 年 5 月 9 日）

秧歌剧本《挖穷根》

关守耀、胡玉亭著

《挖穷根》是搜集了许多群众运动中的生动材料、故事,写出来的一个剧本。其中描写与揭发了地主在群众运动中的阴谋破坏,表现了群众在运动中逐步解决思想上的各种阻碍的过程,还有提醒干部走群众路线的作风的故事。此剧曾在太岳区各地出演,得到广大群众的好评,许多落后的群众,看了此剧,都纷纷要参加斗争,挖穷根。各地剧团,都可采用。一般阅读也很适宜。

华北新华书店发行。

（1947 年 5 月 10 日）

《文艺杂志》第三卷第三期出版了

献给自卫前线的广大英雄们

"指导员,我回来了!" …………… 赵德新、曦影；枫川木刻

坐飞机 ……………………………………… 培才

伤员转运站风景线 …………………… 曹展芳、朱丹等

沈□修 …………………………………… 巨冰

标语开花 ……………………………… 白羊、李众夫

两个新来同志的故事 ……………………… 郑笃

金不换 …………………………………… 曹占芳

盼喜报 …………………………………… 阮章竞

演部队戏剧的演员问题 ………………… 钱海洪

人民功臣李二狗 ………………………… 天晓等

出击 ……………………………………… 小空

死后仍在尽职 …………………… 苏联斯大林之□□

送信 …………………………………… 刘晓晞

反对大浪费 …………………… 左权盲人宣传队二小组

天下穷人是一家 ………………………… 毛茂春

卖姥人纺花 ……………………………… 冈夫

一棵树 …………………………………… 五及

翻了身的家 ……………………………… 丁季

毛主席在民间 …………………………… 佩蓝

十板 ……………………………………… 巴山

民谣拾零 ………………………………… 孙成文

编后记

文化消息

　　出□无多，欢迎预约、邮购。

　　华北新华书店发行。

（1947年5月11日）

干部自修读物《夏陶然的道路》

　　夏陶然同志，是我们大家所久已熟悉，并且仰慕的名字。他是一个八路军老战士，曾与敌人搏斗数十次，并曾两次挂彩，因身体虚弱，才从部队里下来，被派作中潼小学校长。他刚去之后，老乡不给吃饭，学生们动员不来，但陶然同志根据当地条件依靠群众，终把工作开展起来。本书里有两篇文章，一篇是陶然同志的工作报告，说他是怎样开展工作、进行工作的。还有一篇是刘子久同志，关于学习问题给淮北区党委的信，其中联系夏陶然的道路，说明领导方法和学习问题。一般干部都应拿来做自修读物。尤其是群众工作同志与学校教员，更可从这书里面，学到不少具体的工作方法。

华北新华书店发行。

（1947年5月13日）

《新教育》第二卷第六期目录

短论二则
  掀起热潮抢快春耕
  听蒋家喽啰们叫卖些什么 …………………………… 履霜
关于文化教育工作的决定
太岳区一九四七年文化工作计划 ………………… 太岳行署
办师训班应注意的几个要点 ……………………… 崔斗辰
新旧教育面面观 …………………………………… 高镇五
发展武装保卫学习 ………………………… 太谷教科宋金桂
教师学生竞相立功 …………………………………… 奇之
生产结合学习
  涉县六高计划生产全年自给 ………………………… 刘志超
  印书与织布 …………………………………………… 王习平
  开荒、纺织、做买卖 ………………………………… 程振□
  儿童合作社 …………………………………………… 何建三
儿童的自觉与自治
  非要惩罚不可吗？（转载） ………………………… 徐特立
  改错表与立功簿 ……………………………………… 陈汉章
  几个小模范 …………………………………………… 耀武等

顽皮儿童的转变 …………………………………… 皇甫昭等

"儿童建国林" ……………………………………… 振荣等

国语与作文

《国文教学必须改造》教学总结 ………………… 太行二中

改造国文的点滴经验 ……………………………… 韩北生

如何辅导学生作文 ………………………………… 赵正谊

培养学生写稿 ……………………………………… 国清文

人民教师

由儿童诉苦到参加斗争 …………………………… 萧寒

一个旧教育工作者的转变——记教师刘兆祥同志 … 尧山教育科

我对教学的新体验 ………………………………… 张梧

漫谈轮作 …………………………………………… 一民

大花园头群校教材 ………………………………… 周荫普录

初级新课本词句浅释（续一）…………………… 本社

简谱讲话（续一）………………………………… 俞平

春耕曲 ……………………………………………… 俞平

模范儿童歌 ………………………………………… 管平

邯中成立"教学研究会" ………………………… 竞先

"你看怎样算"揭晓

（1947年5月13日）

晋冀鲁豫边区文艺创作小丛书出版预告

十年来，惊天动地的斗争生活中，本区也涌现了许多优秀的文艺创作，为了把这些作品更广泛地传播，以鼓舞当前的胜利的斗争，本店已着手选编一套文艺创作丛书。现已付印的有下列各册：

《天水岭群众翻身记》　　　　　朱襄等著

《福贵》（有新刻的精美插图）　赵树理著

《李有才板话》　　　　　　　　赵树理著

《揭石板集》（精选的农民翻身诗歌）　马适安辑

《李家沟反维持记》　　　　　　袁潮等著

《孟祥英翻身》　　　　　　　　赵树理著

《两个世界》　　　　　　　　　赵树理著

《由鬼变人》　　　　　　　　　袁毓明著

《张苦孩挖穷根》　　　　　　　革飞等著

《仇恨》　　　　　　　　　　　李庄等著

此外收集到的其他作品，也正在赶编中，但我们现有的材料还不算多，恐怕挂一漏万，埋没创作，因此希望大家多给我们提供意见，搜集出版物或写稿，源源寄来。同时广泛地向你周围的读者，相互介绍阅读。

华北新华书店编辑部。

（1947年5月22日）

《新大众》三十七期出版了

要目

"斗争怎样才算彻底？" ……………………………… 王春

劳动富！不怕斗 …………………………………… 毛茂春

良心 ………………………………………………… 陈新

天下大事 …………………………………………… 申田

地雷歌 …………………………………………………… 歌哈

保卫解放区的英雄们 ………………………………… 孔更等

点英雄（鼓词） ……………………………………… 五及

兵士的家信 …………………………………………… 孟李氏

两头撑腰消灭封建（工作经验）……………………… 李锦春

人民功臣夏树屏 ……………………………………… 史向光等

毛主席比我更辛苦 …………………………………… 王巨林

群众英雄王自占 ……………………………………… 束玉

我差点忘了老婆的恩情 ……………………………… 郭民愈

儿皇帝的家谱 ………………………………………… 王春

朱彭总副司令的生产节约故事 ……………………… 立云

怎样预防和治疗"猪传"病 …………………………… 金重冶

刘二和与王继圣（长篇连载）……………………… 赵树理

标点与分段 …………………………………………… 季首

小读者俱乐部 ………………………………………… 小常等

学生文坛 ……………………………………………… 王锦尼等

有问有答

　　总统、总理、总裁有何区别

　　我们实行的耕者有其田和孙中山的耕者有其田有何区别

　　美帝国主义帮助了蒋介石多少东西

　　斗了中农的东西为啥还要退

　　荣退人员该出负担吗

　　怎样调剂劳动力

（1947年5月22日）

《文艺杂志》第三卷第四期目录

□□干	蔡公狄
在宜沟阻击战中	牛子孺
小牛	乞光海
误会	刘宝荣
占地	马丰年
访问"山东村"	张云溪
扫除障碍	曦影
浇树	李卓民

诗·歌

好排长	大卫
招待所墙壁上的诗句	李紫
蒋家军	张万一
瞎白闹	四成
随军散忆	郑笃
死不起	林十柴
慰问袋	田晴

快板·图画

一篮蛋	武乡道场村王玉隆原作、李众夫改编
保长	林□
不让吃现成	陈致和
临洪担架队缴枪记	郑□枫作
插图及封面	吉林
地主的话	王春

书信往来

本刊重要启事

平顺城街的贺功声 …………………………………… 李卓民等

新牛和他的羊群 …………………………………… 张立云

夜校里的参军潮 …………………………………… 王品□

三个牛皮匠 …………………………… 曹欣作词、石岩配曲

华北新华书店总发行。

附：《北方杂志》从第八期以后将行停刊，所余各期之款一并转入"活期自由订户"账内，如转购其他书籍，请即来函示知，当竭诚办理。

华北新华书店邮购服务股。

（1947年5月30日）

《考　验》

毕尔文采夫著　汪浩译

这本书是描写苏德战争中后方工厂工人们如何动员和组织全力支援前线的故事。我们正当爱国自卫战争之际，对我们工厂干部、工人帮助很大，大有学习之必要。

内容共四十章，分两册出版，请快购。

太行群众书店发行。

（1947年6月9日）

青年知识丛书《新人生观》

俞铭璜著

本书共分五节：一、人生观——就是做人的道理。二、新旧时代不同的人生观。三、各种不同的人生观。四、革命的人生观。五、人生观的革命。内容易懂简明，解决了如何认识与正确处理做人态度，在坚定革命的人生观上说，非常必要。特别是青年同志，书已出版，印数不多，请快购！

太行群众书店发行。

（1947年6月9日）

苏联文学丛书

《日日夜夜》

西蒙诺夫著　苍木、继纯译

本书作者西蒙诺夫，是苏联的名作家，苏德战争中，他曾在各战线与红军一道，拿笔作战，并曾参加斯大林格勒战斗。这本书，便是写这一苏德战争转换点——斯大林格勒之役的长篇小说，曾获第四届斯大林文艺奖金的第二等奖。

本书在莫斯科出版后，不久便译成各国文字，去年只在美国便销售了五十万部。

《团的儿子》（儿童文学名著）

卡达耶夫著

韬奋书店发行。

(1947年6月11日)

新 书 介 绍

新大众丛刊之七《怎样写稿》

有许多人对于写稿还有些莫名其妙，有些爱写稿的同志也常感到写稿的困难。这本书搜集了十余篇关于怎样写稿的文章，大多是写作同志的经验介绍，和对这个问题的讨论研究。不是笼统地讲空道理，而是针对着一件事一件事具体地来讲，解决写稿时碰到的许多实际问题。所以这书对于一般练习写作的同志们，是很好的参考书。

《疑问解答第一集》（印刷中）——新大众丛刊之三

《袁家洼打垮假斗争》——新大众丛刊之八

《群众改造干部》（排印中）——新大众丛刊之九

华北新华书店发行。

(1947年6月11日)

《鼓风炉旁四十年》

伊凡·柯鲁包夫著　曼斯译

这是一本工厂读物，是一个经历过两种不同时代（沙皇时代到社会主义）的重工业工人的自述。诉说出他在沙皇时代的牛马生活与遭遇,到革命成功之后的工人生活与社会主义给他的发展的道路,创造了苏联第一个机械化鼓风炉,和斯大林同志会见时的荣誉。

韬奋书店发行。

(1947年6月24日)

《文艺杂志》第三卷第五期目录

我们就是来救你来了 …………………… 八连政指方家坡、焦培文
三门婿上寿(鼓词)
　　………………… 武乡盲人宣传队口述、太行文联民艺部改编
刘德顺 ………………………………………………………… 马丰年
"我嫌你脏,你为了谁?" …………………………………… 刘志
我要打回去 …………………………………………………… 苏众
炊事班长杨文斌 ……………………………………………… 郑笃
汤阴城见闻 …………………………………………………… 朱丹

诗歌·图画
　　行军诗 …………………………………………………… 王克锦
　　铁匠的儿子 ……………………………………………… 胡征
　　张中羊抬彩号 …………………………………………… 吉林
　　封面木刻 ………………………………………………… 关夫生
　　保卫毛主席去 …………………………………………… 李红
　　防旱备荒 ………………………………………………… 李众夫
参战模范张忠洋 ……………………………………………… 培俊
新式骡车 ……………………………………………………… 吉祥
不过夜的结婚 ………………………………………………… 洪飞

俘虏诉苦	萧茅
学剧的两点经验	振华
立功（歌）	高树基
赵家厂歼灭战（鼓词）	崔麟
张兰英的故事	高泽

　　七月一日出版，定价一百五十元。

（1947年6月29日）

《文艺杂志》三卷六期目录

别□记，他们啥都好	范直
我可见了共产党	李红
张来发（快板）	清凯
老还少	昌言
恍悟	曾克
火线二日	李紫
胜利新村记	唐西民
夜宿	林十柴
甚也比不上这光荣	集体创作
二小和"兵"	赵德新
空壕计	白瑞章

诗歌·图画

故城翻身记	冈夫
一朵红花挂在他胸前	梅村
火线写生	赵枫川画、雪林刻
插图三幅	张怀信刻

抗旱（封面）……………………………………… 熊雪夫
交反攻粮（封底）………………………………… 熊雪夫
混世魔王的末日…………………………………… 卢耀武
四英雄（快板）…………………………………… 琳琅
破路 ……………………………………………… 田　生
突破口上的恐怖…………………………………… 曹欣
别忘了以后多通信………………………………… 集体创作
贺功单（歌剧）…………………………………… 胡奇

一九四七，八一出版。本期定价一百五十元。

华北新华书店总发行。

（1947 年 7 月 20 日）

《在敌人后方》

波里亚可夫著

本书著者波里亚可夫，是《红星报》的特派员，苏德战争开始时，他随加里次基少将指挥的部队，从敌人包围里打出来，在战斗中，波里亚可夫受了伤，但他仍然把这册战斗日记写完。

当德寇以优势兵力，突然袭击苏联时，苏联边防部队，一开始便处在非常困难的环境中。加里次基部队，便是在这非常困难环境中，表现了勇敢坚定与高度战术素养的，从重围中突破出来，成为胜利的一支铁流。

韬奋书店发行。

（1947 年 7 月 22 日）

《新大众》第四十期要目

向热心书报劳军的同志们致谢 …………… 军区政治部
天下大事 …………………………………… 君瑜
干部过五关 ………………………………… 群众报
理必说清，事可活办 ……………………… 王春
浆糊的制法 ………………………… 孙一安、刘玉堂

保卫解放区的英雄们

  水上英雄 ………………………………… 吴振全
  裴德富解放"野队锤" …………………… 风末
  康家歼灭战 ……………………………… 傅晓铎
韩新元抗旱度荒的办法 …………………… 高奎林
比一比（快板） …………………………… 孙守科
抢种点苗（墙头诗） …………………… 马紫生选
老太太对得很
从种不了到不够种 ………………………… 王恕先
我的房东 …………………………………… 怀良
优抗模范陈云花 …………………………… 申进章
"我把七百块纺花钱送给了他" ………… 高汉英记
翻身儿童自述 …………………………… 正士弟记
赶快跑他妈（蒋军谣）
李老太太拥军好，不收蛋钱送前方 ……… 李丽水
指鸡骂狗（民间故事） …………………… 韩涛

大众信箱

  合作社的任务，在于组织群众生产 …… 李俊卿
  改造革命瞎子 …………………………… 彭士杰
文章的效果"慌"与"动"（下） ………… 王春

学生文坛 ………………………………………… 邯市通讯组等
读者俱乐部
有问必答 ………………………………………… 郭新法等
工读小调 ………………………………………… 竹黄配词
封面 ……………………………………………… 王鸿

（1947 年 7 月 25 日）

新书预告

一、《考验》（下册）

二、《新人生观》（再版）

三、《思想漫谈集》（不日出版）

本书内容有各部工作同志的思想反省笔记、检讨思想的书简引证具体例子，阐明一个人政治修养、思想改造的过程，与《新人生观》同为青年所必读。

四、《王贵与李香香》（歌剧，不日出版）太行行署教育处、文联编审

五、《民国以来大事年表》（排印中）主编者田家英

本书于去年在陕甘宁边区出版后，近又经编者修订补遗，更臻完善：自一九一二年（民国元年）起，至一九三七年（民国二十六年）止（三七年以后的拟另编一册），举凡统治阶级上层政治的变化，人民革命运动的发展，均有详尽记载，并附有世界政治大事简表及民国以来历年灾荒表，尤为本书特色。

太行群众书店启

（1947 年 7 月 25 日）

新 书

本店为了供给读者更多的精神食粮，更多的交流文化，再度运到上海、大连、山东等地的图书刊物，现简明介绍于下：

业务类

《怎样种庄稼》《新党员读本》《新教学法》

理论类

《科学历史观》《论民主革命》《社会科学研究法》《现代哲学问题》

战丛

《在敌人后方战斗》《号角已经响了》《高腿夺机枪》

诗歌

《苏卫国诗选》《黎明之歌》

戏剧类

《农村文娱》《秧歌论文集》《说唱朱富生翻身》

文艺

《山东文化》《渤海文化》

小说

《钢铁怎样炼成的》《俄罗斯水兵》《丰收》

介评类

《斯大林传》《苏维埃人群像》《烈士传》《拜伦传》

种类繁多，恕不俱载，邮购批发，无任欢迎。

地址：临清马市街。

鲁西北书店、山东新华书店办事处启

(1947年8月8日)

新 书

《疑问解答第一集》——新大众丛刊之三

去年我们出过一本《疑难问题一百个》。不到一个月，就售完了。这本《疑问解答第一集》，就是根据那本书重新编辑、补充的。包括有二百多个疑问的解答。凡时事、政治、常识、名词、术语、生产知识、医药卫生、自然常识等各方面的问题都有，既实用，又明白。

《群众改造干部》——新大众丛刊之九

本册里所选辑的都是关于群众运动中干群关系的文章。干群关系如何能搞好？怎样解疙瘩？干部应怎样走群众路线？果实怎样才分配得合理等等问题的解决，都有生动的实例，是区村干部、群运工作者的一本好读物。

《兵士兼统帅》

皮加列夫著

《兵士兼统帅》是记述俄罗斯伟大民族英雄苏沃洛夫的生平。刘伯承将军很重视这本书，因为苏沃洛夫不仅是位英明的统帅，而且是个果敢的兵士，他在歼灭敌人与训练士兵方面，都给后世留下不少光辉的业绩。苏联在爱国自卫战争中，曾将苏沃洛夫作为英勇与爱国的形象，来号召和鼓励红军向德国法西斯作战。

华北新华书店发行。

（1947年8月8日）

六幕翻身歌剧《白毛女》（修正本）正赶印中

经修改后，较初版本更加精密完善。

本店前发行的《白毛女》六幕歌剧，因各地剧团群众争相购买，初版数千册已早售完，读者仍不断来函求再版。本店现已获得原作者贺敬之同志的修正本，正赶印中。此次修正意见，系根据延安鲁艺文工团，把《白毛女》从延安演到张家口时，从许多观众中得来。修正的地方有：一、喜儿的性格在三幕以后加强了些；二、增强了农民在旧社会里的反抗性，添了王大春、大锁反抗狗腿子退租，被迫出走，后来王参加八路军回来；三、加一段赵大叔说红军故事，描写出在旧社会里藏在农民心里的希望；四、第六幕第一场已完全重写，第二场大部改写。修正本因系积累历次演出的经验与各地群众意见来充实的，故较初版本更加精密完善，各地农村剧团、学校已演过或未演过《白毛女》的，均需购置一册以便在大复查运动同年关文化娱乐中，大规模演出的准备。

（1947 年 8 月 21 日）

苏联文学名著《我是劳动人民的儿子》（再版）

本版特色：根据原本精刻插图十余幅。全书系有光纸，印刷清楚整洁。

《我是劳动人民的儿子》这部小说，是苏联作家卡达耶夫的名著。这部书的出版，使卡达耶夫威震苏联文坛，成了苏联文坛上的"天之骄子"。十月革命二十周年纪念时，这部作品，被苏联批评家一致誉为苏联文坛的"杰构"。本店曾于一年前出版，没有多久，便销售一空，现应读者请求，再版出书，并根据原本，加刻精美插图十多幅。

华北新华书店出版发行。

（1947年8月21日）

《文艺杂志》第四卷第一期目录

太行文联编　华北新华书店发行

更进一步 …………………………………… 本刊
群众创作集锦 ……………………… 涉县文委会辑
翻身中的故事 ……………………… 王巨林、林华辑
邱二洋（鼓词）…………………… 内邱武委会孙治安
礼（诗）…………………………………… 刘宝荣
杨忠国和他的第三排 ……………………………… 娄藩
钢铁的力量钢铁的意志 …………………………… 秀圃
参战英雄郑月明 ……………… 王亮之作、本刊编辑部改
好兄弟 …………………………………………… 曹欣
火线小故事 …………………………………… 傅晓铎
救房东
生产战线上
　战胜灾荒 ……………………………………… 李红
　劳动在自己的土地上 ……………………… 刘艺亭
　赛"黄忠" …………………… 内邱小杨庄小学教员李敬维
　舍猪救灾 ……………………………………… 毛茂春

火线写生（画）……………………………………赵枫川
不会吃饭的人（鼓词）……………………………寒声
解开这是我的儿子……………………晓糊作、本刊编辑部改
给俺孩过生日………………………………………禹明
战士作品散辑………………………………………李紫辑
东行漫记……………………………………………郑子
黄河渡头（歌）……………………………………田晴
　　一九四七年九月一日出版，本期定价一百五十元。

（1947年8月24日）

新　　书

备荒弹词《一家人》

孔厥著

这是防旱备荒的故事，拿一家人在防旱备荒中的各种表现做题材，来说明人战胜天、自救互救的道理。情节婉转，词句生动，适合各地宣传队演唱。

华北新华书店发行。

《歌谣丛集》

培时辑

这册子里收集了四五十首歌谣，有人民歌颂毛主席、感谢共产党的，有向地主报仇、团结算账的，有参战自卫的，这些从群众口里唱出的歌谣，心里发出的感情，再与本书内附的蒋管区的民间呼声对比

着看，可以看出两个世界的完全不同。

韬奋书店发行。

(1947 年 8 月 28 日)

《新大众》四十二期出版

目前土地问题的学习，正在开展，本期有王春同志关于学习土地问题的一篇非常重要的论文——《掀开"思想防空洞"》，极其深刻地分析批判了插在我们革命队伍内部的"封建尾巴"，和它们对革命的危害。可作为学习的参考文件，也可作为思想反省的好提纲。

这种"思想防空洞"不清除，革命的思想阵线就不能统一！

这种"封建尾巴"不割掉，个人便不能进步，有些人甚至会掉队！

要目

天下大事	君瑜
掀开"思想防空洞"	王春
蒋介石家谱（图画解说）	鸿
找对象也要看阶级	周方
解开思想疙瘩	翟福喜
扳倒"铁旗杆"	加里
"有咱就没他"	刘怀钧
"我还没完成任务哩！让我再去！"	荒牧
"我上了狗肏们的当了啊！"	郭斌
张孔的成分	草田

"活福" …………………………………………… 郭正文
老子英雄儿好汉 ……………………………… 王佩珠
董大妮殉难 …………………………………… 毛茂春
孔夫子解不下的问题（自然常识）…………… 彭庆昭
以马代丁 ……………………………………… 曹若萍
七斤花 ………………………………………… 孙一安
赵老超下岚县 ………………………………… 陈俊卿
翻身英雄梁马斗（边区英雄传）……………… 王耀寰
大众信 ……………………………… 张希亮、管尚清
学生文坛 ……………………… 马力耕、董振义、吴瑜
有问必答

华北新华书店发行。

（1947年9月4日）

世界名著《解放了的董·吉诃德》

卢那察尔斯基著　瞿秋白译

在土地改革运动中，你表现的有对地主阶级的怜悯观点吗？在群众斗争中你感觉方式有些不够文明不够仁慈吗？在土改学习中，你想清算你的或别人的这些想法吗？

那么请你赶快来看这本书！

著者卢那察尔斯基，是苏联已故的人民教育委员长，他为了教育革命的人民纠正上述那种想法，写了这本书。译者瞿秋白同志，是中共已故的领导者之一，他为了教育革命的同志，译了这本书。我们今天恰恰正是碰上——心上暗藏的"可怕的慈悲"和政治上要求的

"坚决的意志"相抵触的时候,那你正需要看这本教材。看了这本书,你□会知道你的怜悯观点会把革命同志的生命"怜悯"死几千几万!会把革命人民的生命"慈悲"死几千几万!会把革命的事业"正义"掉一大多半!

书是剧本式,故事曲折生动,主题惊心动魄,文字斩钉截铁。可以上演,可以朗读,可以作为土改学习的参考文件,书后并附有鲁迅先生评论本书的《后记》。

阅读这本书时候的参考书——世界名著《唐·吉诃德》,西班牙塞万提斯著,延安新华书店译本。

唐·吉诃德即董·吉诃德。《董(唐)·吉诃德传》是世界最有名的文学著作之一。《解放了的董·吉诃德》里边的人物有两个——即董·吉诃德和他的仆人,是从《唐·吉诃德》一书中借来用的。我们为了便利读者参考,特再把这本书也重版若干册,配合发售。两书不日即可出版。

华北新华书店发行。

(1947年9月16日)

最 近 新 书

书　名	作　者	定　价
《一个空白村的变化》	那　沙	四二〇元
《乌龟店》	韩　川	四〇〇元
《文艺》	山东文化副刊	五二〇元
《文化翻身》十二期	文化翻身社	一八〇元
《怎样写》	钱　毅	七〇〇元

《苏联的军队》	依·明茨	一一五〇元
《生平的回忆》	雅可福烈夫	六九〇元
《英雄保卫者》	白　艾	二六〇元
《英勇的莱芜人民》	白　玉	二六〇元
《白毛女》鼓词	老　民	五五〇元
《人民英雄榜》	杨兴之	四二〇元

上述新书，八折优待，今后新书，源源运到，邮购批发，决不有误。

地址：临清马市街。

鲁西北书店启

（1947年10月2日）

新书出版

《论赵树理创作》

周扬、茅盾等著

无论是从事文艺写作的同志，或是爱读赵树理同志作品的同志，都愿意知道赵同志的创作方法和创作特点等等。这本书收集了茅盾、郭沫若、周扬等等大作家对赵同志作品的批评文章，共十余篇。对赵同志的写作源泉及作品成就等，均有详细分析。

（1947年10月3日）

《蒋介石绞杀文化》

光未然著

民主同盟光未然先生，新从蒋管区来，现在北方大学文学院任教。为了把蒋介石对文化界的血腥暴行告诉大家，他特别写了这本书，材料都是光先生等在蒋区亲身和特务暴政斗争的经验之谈，很多为我们久在解放区的人们所意想不到者。

《解放了的董·吉诃德》　卢那察尔斯基著、瞿秋白译

《列宁主义基础》　斯大林著

《列宁主义问题》　斯大林著

《我是劳动人民的儿子》　卡达耶夫著、曹靖华译

华北新华书店、韬奋书店发行。

（1947年10月4日）

《文艺杂志》第四卷第二期目录

喇叭响在房顶上（农村广播）…………………………王元
街头上的快板（大众黑板）……………冯海金编、王得考辑

爱国自卫前线

　　孟村歼灭战………………………………………赵玉山
　　彩号的友人………………………………………李文珊
　　博爱战斗中的傅成组………………………………彦夫
　　康福荣和李发耀…………………………………林十柴
　　去掉这不光荣的绰号……………………………张振荣

生产战线上

  谁是共产党 …………………………………… 王周南

  卧地 …………………………………………… 禹明

  锄花 …………………………………………… 子或

  武乡盲人的文化认识（文娱工作研究）………… 向群

部队文艺

  立功模范宋百川 ……………………………… 琳琅

  战士作品散辑 ………………………………… 树发等

翻身运动中的故事

  万年穷与"刮金板" …………………………… 孙成文

  访问翻身农民韩来锁 ………………………… 萧启明

  把狗日的挤出去（诗）………………………… 李红

  彻底反倒算（诗）……………………………… 小空

  要把娼子斗得服服帖帖 ……………………… 叶枫

  看你还想变天不？ …………………………… 赵振国

  看护员 ………………………………………… 五及

  我死也不能忘了八路军 ……………………… 史如壁

  一口小猪 ……………………………………… 洪钧

  山沟里的岗哨 ………………………………… 陈弘

志愿 ……………………………………………… 毛茂春

战地速写（画）………………………… 赵枫川画、吉林刻

请大力反映土改运动 …………………………… 本刊编辑部

  一九四七年十月一日出版，定价每期三百元。

（1947 年 10 月 7 日）

读者福音

本店特设有"邮购服务股"专为外地读者购书服务，长期存款邮购读者，购书按定价九折优待。如蒙委托，无任欢迎，备有简章，函索即寄。

本店还设有"自由订户"，你可随便寄一笔款，想看几期，就给你寄几期（《新大众》《文艺杂志》等），便利得很。

华北新华书店武安总店，长治、邢台、邯郸各分店均可办到。

（1947年10月7日）

《新华实用辞典》出版预告

本店为给一般同志谋读书作文上的参考便利，特专门组织"辞典编辑委员会"，新编《新华实用辞典》一种。收录新旧词句一万五千以上，全书约三十万言，编注宗旨以简切、通俗、实用为主，内容包括哲学、科学、文学、艺术、国际、政治、军事、经济、文化教育、医药卫生等等所有各科学术，各门工作上的日常用语。此外所有普通口头流行的成语常识等，亦无不具备。得此一书，对日常读书、看报、作文、写稿等方面，可谓获一良友。甚至对简单的工艺技术、医疗方法等，亦可获得解决。上等白报纸精印，分精装（一册）平装（二册）两种装订。今冬出书，预约办法不日公布。

华北新华书店。

（1947年10月8日）

《新大众》第四十三期目录

天下大事 ………………………………………… 潛遵

地主洋相（连环画）……………………………… 王鸿

提供复查参考 …………………………………… 颜天明

给小学教师的一封信 …………………………… 徐特立

出透了气 ………………………………………… 程海银

我还是参加了农会 ……………………………… 王贤哲

王羊的快板……………………………………… 侯冠儒

打清化（大鼓词）………………………………… 张永林

一封家信 ……………………………… 武成西、孙克明

新童话 ………………………………………… 石峰等

刘全小模范炊事班 …………………… 洁冰、何迟

老徐杀敌（边区英雄传）………………………… 五及

下窑办学校 …………………………… 文珊、繁继、孙经

新的治病、养病办法 …………………………… 彭庆昭

检查我们的编写态度 …………………………… 本社

这个错误是怎样造成的 ………………………… 郭炳南

给通讯员的第一封信 …………………………… 蓝田

写稿要真实

我当小先生有了劲（学生文坛）………………… 孙秋果

有问必答

（1947年10月12日）

民间故事第二集：《地主和长工》

马烽、西戎编

看过民间故事第一集《剥皮老爷》的同志一定忘记不了地主的残暴、狡猾，和贫苦农民的顽强与智慧。这一集里，像这类的故事更多，也更简短易看。在复查中讲给群众听，是更好材料；冬学小学里当作国文课，也是好材料。

华北新华书店发行。

（1947 年 10 月 14 日）

《朱德司令的故事》

蓝田编

人民解放军总司令——朱德将军，为革命奋斗了几十年，有许许多多故事，流传在几百万人民解放军和广大人民口中，但可惜记载不全。现经编者收集整理，使读者能于这些故事里来学习朱总司令的革命品质，把这些故事合拢来读，又能了解朱总司令为人民奋斗数十年的历史。

华北新华书店发行。

（1947 年 10 月 19 日）

《蒋介石罪恶史三章》

温济泽著

蒋介石的罪恶是数不清的！

这三章是写他在"九一八"时，当着几万学生面前要流氓，假装抗日，不到两个月，他又用特务、机枪屠杀学生数百人的血腥史。

这里所讲的三个故事，都是作者亲身经过的。从这些故事里，已经可以看出蒋介石的原形——一个最大最老的汉奸卖国贼！

华北新华书店发行。

（1947 年 10 月 25 日）

《文艺杂志》第四卷第三期目录

太行文联编、华北新华书店发行

群众文艺

  两首群众创作 …………………………………… 子或辑

  大众黑板上的快板 ……………………………… 郝廷俊辑

牛和地主媳妇 ……………………………………… 正士弟

看看地主多狠心 …………………………………… 刘永彬

翻身运动中的故事

  把地主管制起来 ………………………… 冯海金、王虎林

  小芝只棒打老公公 ……………………………… 林湘

  花衣裳（诗） …………………………………… 小空

  熬出来了 ………………………………… 高晓象、张惠春

孩子们的力量 ……………………………………… 孙爱思

　　春生和雪花 ……………………………………… 杨柯

　　鼓 ………………………………………………… 田晴

　　大家坐天下啦 …………………………………… 叶枫

乡居散记 …………………………………………… 史洪

恶霸地主王兆庭（快板）………………… 李峰、刘济民

解放战争前线与后方

　　张来红送彩号 …………………………………… 贾炳智

　　我是民夫也是战士 ……………………………… 鲁生

　　天上地下不一般 ………………………………… 刘志鹏

　　抢捷报 …………………………………………… 王长群

　　"报告连长，全来了！"…………………………… 林十柴

　　贺功 ……………………………………………… 迦陵

　　十四夜间（诗）………………………………… 刘艺亭

拥爱故事

　　欢送南下同志 …………………………………… 王志远

　　做慰问袋 ………………………………………… 丁季

　　刺激 ……………………………………………… 萧茅

　　"比亲生儿子还亲哩！"…………………………… 梅村

二锁家（生产运动中的故事）…………………… 史如壁

　　一九四七年十一月一日出版，定价三百元。

　　欢迎长期邮购预约。

(1947年10月26日)

新 书 广 告

《人民的舵手》

你知道毛主席的革命历史吗？

你知道朱总司令的日常生活情形吗？

你知道戴着老花眼镜在菜油灯下学习的徐老吗？

你知道刘伯承将军的英雄事迹吗？

这本书正像讲故事一样，把革命领袖和领导同志的奋斗历史、工作作风、学习态度……一一告诉了你。比如在《人民的将领贺龙同志》这一篇里，不说他怎样纵横西北战场，杀敌人，打胜仗，却写他怎样关心战士们穿衣服："衣服的样式作得合适，兵士就爱惜它。做棉军衣要注意袖子和肩膀对缝的地方，这里每寸要缝二十针，要用双线……"

我们从这些地方，就可以学习到领导同志的朴实的工作作风。

《三门婿上寿》（秧歌剧）

"八个黄蒸，一碗冷菜，一样门婿，两样看待……再过几年，管叫你：喝血吐血，吃菜吐菜……"

"女婿上寿"这一类故事，在各地民间流传得很广，它说明了在旧社会里，吃人的地主阶级无时无地不在欺压农民。同时，农民也在各种各样的场合下对他进行着斗争。

《三门婿上寿》这个剧本，是经原作者（太行区武乡盲人宣传队）及编剧者（太行剧团暴震）广泛搜集与吸收了关于这一故事流传中的精彩地方编成的，因此，就更显得生动活泼典型突出，适合群众口味。

这个剧，布景化装都很简单，各地农村剧团均可排演。

《王贵与李香香》（歌剧）

名闻全区的《王贵与李香香》剧本初版印出后，大受群众欢迎，不到半月，全数销完，而各地读者则不断来信问，汇款订购。本店为应群众要求，特重订再版，并将李季的《王贵与李香香》原诗附印后，以便阅读、排演时之参考，使本书更臻完善。

太行群众书店发行。

总店：涉县。分店：邢台、长治、左权。

（1947年10月29日）

《新大众》四十四期要目

天下大事	史言
怎样深入贫户访苦	布克
穷人的血肉穷人的心	子野
小三的立场呱呱叫	田蒙
"我要的是翻身群众"	任志浩
"老猾"和"老闷"	程士英
"要靠农会当家"	石占良
毛守信	冀民
功臣的家乡	贾泉和、左秋长
黑小前线立功	侯艺林
刘九娘	陈正德
天下最仁义的队伍	刘志鹏
新大众自修馆	韩文洲等

农民自学小组 …………………………………… 王春耕

学生光打架怎么办？ …………………………… 赵德新

悔不该退出互助组 ……………………………… 王玲

人人看起郝梅花 ………………………………… 孙一安

麻留锁大摆草人阵（边区英雄传）…………… 建功

自修学校

群众迷信求雨怎么办？（大众信箱）………… 贾丕山

学生文坛

有问必答

（1947年11月3日）

《新大众》杂志优待长期订阅读者

——新的预订办法

近接各地读者来函，均感购买不到《新大众》，特别是在近几期在内容上增加了有关土改学习参考文章，更感购买不便，纷纷要求长期预订，并望确定一个新的预订办法。本店应读者之请，特再将最新预订办法重新公布。办法是这样：

长期预订办法

《新大众》每月出版一期　　　　　　　定价二百五十元一本

预订三期（三月）　　　　　　　　　　收洋七百元

预订六期（六月）　　　　　　　　　　收洋一千三百五十元

预订十二期（十二月）　　　　　　　　收洋二千六百元

预订后之包装寄费全由本店负担，保证期期看到，并能早看好几天。如系以前预订尚未发完的各期，今后仍按期发给，不用读者再行补款。此办法自十月一日起执行有效。

华北新华书店。

总店：武安邮购股。

分店：邢台、邯郸、长治、阳泉邮购股。

（1947年11月5日）

山东新书又来了

《新华文摘》（二卷五期）　　三〇〇元

《文化翻身》（十三期）　　二〇〇元

《怎样做个新妇女》　　五〇〇元

《怎样组织贫雇农》　　四〇〇元

《第二家庭》　　二五〇元

《误会》　　四〇〇元

《党章》教材　　六〇〇元

《工会会员读本》　　三五〇元

《妇女识字课本》　　一五〇元

《恐惧与无畏》（通俗本）　　六〇〇元

《国事痛》　　五〇〇元

《立功故事》　　三〇〇元

《新党员读本》　　二五〇元

这次新书数量最多，欢迎邮购、批发。如需目录，可向本店索取。

地址：临清马市街。

鲁西北书店启

（1947年11月7日）

《有啥说啥》（邢肇棠著） 要目介绍

贪污

赚钱

蒋介石在三届三次国参会上演说

林县人民的三天三地

豫西四荒

浆糊汤

三不四无八大糊涂（转记）

啥子官（转记）

新辞文（转记）

谈选举劳动英雄与模范工作者

德国无条件投降后的国际动态（时事研究）

纪念十月革命节（日本投降）

读毛主席《论联合政府》（学习笔记）

有何过火？（在武安邑城给民建军讲话）

说民主与干民主

不要趁火打劫！

到极点

谁应有最后决定权？

月令（从六月十五到七月十五）

非常明白而又不非常明白的一堂会审（苏联对日宣战一周纪念）

蒋介石的"话"

继承法西斯日本的美国与继承汉奸汪精卫的蒋介石

蒋介石的五套宣传纲领

电贺胡景铎蒋军起义

新年致词（就民主建国军副总司令职后）

怪物

在民主建国军干部学习会上的讲话

国民党变成蓝衣社三民主义变成法西斯主义

《人民日报》周年纪念

算算旧账

挖出祖传坏根

人民解放军建军二十周年纪念

  裕民印刷厂出版。

  总发行所：武安阳邑。

  支处：太岳晋城、邯郸市东大街。

（1947年11月8日）

《文艺杂志》第四卷第四期目录

民国三十六年十二月一日出版

解放战争前线与后方

  太谷独立团战斗故事（快板）……太谷独立团二连战士王凤龙

  刘老汉战场观儿立功………………………………………王隆田

  杀敌英雄武和尚（坠子）…………………………………湘东

  俺街的参军热潮……………………………………………丁季

  参军故事五则………………………………………………陈远

月下秋耕………………………………………………郭学玉、赵荣祖

翻身运动中的故事

  仇人不能当亲人………………………襄垣民教馆张富昌、李振华

老狗熊担圊 …………………………………… 王长群

　　三堂会审 ……………………………………… 李紫

　　挖防空洞功臣任秀莲 …………………………… 王昌隆

　　起林夫妻 ……………………………………… 王周南

翻身农民和地主 …………………………………… 叶枫

亩半园子 …………………………………………… 田生

拥爱故事

　　在杨白村上 …………………………………… 白岭

　　过河（诗）…………………………………… 小空

　　热爱伤兵如亲人 ……………………………… 李文珊

真地主假农民（连环画）………………… 冯海金编词、黑木插图

批评与研究

　　对二卷三期上《献田》的意见 ………………… 禹明

　　对文章长短和通俗化的意见 …………………… 孙成文

太行文联编、华北新华书店发行（本期定价三百元）。

（1947年11月21日）

《掀开思想防空洞》

——新大众丛刊之十二

　　本年度内，《新大众》上刊载的土地改革文章，许多地方已作为三查运动的参考文件，或辑合为小册出版。读者因各地选辑的多不完全，为阅读参考方便计，要求新大众社选编一辑，包括本年度内《新大众》上刊载的全部文章。这本书便是应读者这一个要求出版的。

本书用大字排印，更便于区村干部同志阅读。

华北新华书店发行。

（1947 年 11 月 23 日）

《新大众》第四十五期要目

《新大众》改报启事 ……………………………	本社
天下大事 ………………………………………	史言
不走群众路线必失败 ……………………………	丁学志
地主软法子使死长工的故事 ……………………	苏活
走遍天下没有一个好杂种 …………………	江怀玉谈、裴如维记
死不着 …………………………………………	张志民
一张饼 …………………………………………	贺诞
解疙瘩 …………………………………………	田晴
"离婚吓不倒人" …………………………………	李忠生等
阎匪喂鳖（连环画）……………………………	王鸿
二狗妈 …………………………………………	王昌隆
老英雄参军 ……………………………………	石占良
李莲则闹生产 …………………………………	赵常余
做军鞋的两点经验 ……………………………	陈希平
部队家属招待所 ………………………………	聂影
训子 ……………………………………………	孟冷
荣退军人张俊合 ………………………………	张成国
一碗挂面汤	
翻身英雄郭宜昌（边区英雄传）………………	李广平

杜敬唐的药担子 …………………………………… 王义顺、走川
高小的美术手工课应进行些什么（大众信箱）………… 侯因方
我最熟悉的一个坏地主（学生文坛）………………… 郑金凤
青年团主任（学生文坛）……………………………… 石生祥
老奇买盐 ………………………………………………… 文山
一封伤病员同志的来信 ………………………… 野战医院二所全体
小英雄张福保 …………………………………………… 郝纯一
　　华北新华书店发行。

（1947年12月10日）

《新大众》预订办法

　　为广大贫雇农民服务　通俗易懂的农民大众报纸

　　一、本报是办给广大的贫苦农民与贫雇出身的区村干部、小学教员看的，希望各村农会和贫雇小组成为这个农民大众报纸的读报小组。最先成立起来的读报组，请把名单开来，我们可以先送一个月报纸看。看得好，就请继续预订来看，还望多多介绍推销。

　　二、《新大众》报一个星期出一期，每期售洋五十元。预订一月收洋二百元，不收邮费。

　　三、各地邮局都可代订，预订时，请照上面规定把钱交给他们。告知你的姓名、住村，报纸一出，就很快地送给你。

　　华北新华书店。

（1947年12月21日）

《我所见的新波兰》

〔美〕斯特朗著　李棣华译

新民主主义的波兰，是东欧进行土地改革最典型的国家。这个著名的大地主所有国，现在已经面目一新，受压迫受剥削的贫苦农民，完全翻身，做了土地的主人。

这本书便是用了大量篇幅，来写波兰土地改革情况的。这些事实，又是名记者斯特朗亲自看见的。她亲自看着波兰农民如何成立农民委员会，她亲自看着波兰农民如何□□阶级，如何平均分配土地。

在我们进行土地改革的今天，这是极有价值的一部参考书。全书十余万言，已由李棣华同志译出，并经梅益校正，译文流畅通俗，由本店第一次出版。

这本书并如实地叙述了波兰人民为消灭希特勒的英勇斗争，和波兰流亡政府如何在美、英的指使下，陷华沙数百万人民于悲惨死亡。所谓"波耳起义"等作者都详细地写出了它的内幕。故本书又是一部了解近年国际情况、了解新民主主义国家情况的最□书籍。

华北新华书店发行。

（1948 年 1 月 6 日）

晋冀鲁豫边区文联人民美术工厂新年画

我们为了广大翻身群众在文化上的需要，特精印大批年画，六七色套版，极受群众喜爱，欢迎各书店、合作社、小贩批发，购者从优。

《蒋贼人人恨》　（每张二百元，一百九十二英寸大）

《分果实图》　　（每张二百元，一百九十二英寸大）

《春耕图》　　　（每张二百元，一百九十二英寸大）

《毛主席巨像》　（每张四百元，五百七十六英寸大）

愿邮购者要样品者请付钱及邮票即可，否则不发。

代销处：武安城内衙前街一三号文化艺术合作社。

（1948年1月11日）

晋冀鲁豫边区文联人民美术工厂新年画

五彩套版细工精印　欢迎零购批发九扣

《毛主席巨像》　　　　　（每张四百元，整张有光纸）

《分果实图》　　　　　　（每张二百元，三开有光纸）

《春耕图》　　　　　　　（每张二百元，三开有光纸）

《五大奸》　　　　　　　（每张二百元，三开有光纸）

《彻底平分土地》　　　　（每张一百五十元，六开有光纸）

《整编队伍》　　　　　　（每张一百五十元，六开有光纸）

《一切权力归农代会》　　（每张一百五十元，六开有光纸）

《翻身农历》　　　　　　（每张一百五十元，六开有光纸）

愿邮购者要样品者请寄足现款及邮票。

代销处：武安城内衙前街一三号文化艺术合作社。

（1948年1月17日）

现 已 出 版

《国际新形势与共产党的任务》

《卫生月刊》十一期

《延安一学校》

程今吾著

这是延安八路军抗属子弟学校的工作经验总结。这个学校根据新教育方针，进行改造和建设，对建立学校家务、转变学校风气、实施新的训导方针、新的课程和教学法等，都有成功的经验和失败的教训。因为写的都是具体事实，故生动易懂。各级教育工作者，中、小学教员，都可从这一本书里，吸取一些解决教育工作的思想问题，教育工作实际问题的经验。

《解放歌选》第二集

周沛然编

自卫战争与群众翻身有许多著名的歌子，如像：《王克勤》《反对卖国贼》《打老蒋》《翻身花鼓》《庆祝土地改革》等，现都收集在这本册子里。本集并附有苏联名歌七首，有塔吉克斯坦的民歌，也有苏联的空军歌。

华北新华书店、韬奋书店发行。

（1948年2月7日）

为广大农民服务的通俗报纸《新大众》报预订办法

《新大众》改报以来，受到各地农民同志的欢迎，要求报纸一月多出几期。本报人力虽有限制，为满足要求，决定自三月份起，报纸五天出一期，一月出六期。新的预订办法是：

一、报纸还是按月预订，每月每份三百五十元，不收邮费。

二、各地邮局都可代订，预订时请将你的姓名住地（村）告知邮局，并交够报费，报纸一出，就很快地寄给你。

欢迎各地区村里的农会、贫农团多多介绍预订。对报纸内容发行上有什么意见，请提给我们，以便改进工作。

华北新华书店发行科。

（1948年2月19日）

名剧《赤叶河》出版了

这是个新剧本，写的是贫雇群众过去怎样受封建地主的压迫；八路军来后，又受少数忘本干部的苛待，骂他们是"死落后"，所以一直没翻身；最后写的是如何发动贫雇翻了身。这个剧本与咱们目前实际情况很一致，大家看了对工作定有很大帮助。现已出版，数目不多，请大家赶快买吧！特别各个剧团应尽快购买。

太行群众书店。

（1948年3月5日）

山 东 新 书

《镜子》（剧） 四〇〇元
《伙夫司令》（剧） 二〇〇元
《王贵翻身》（剧） 九五〇元
《大翰林》（剧） 八五〇元
《前线歌声》（歌） 五〇〇元
《吴常生》（戏剧） 二〇〇元
《绿皮鞋》（连环画） 四〇〇元
《苏联文艺》（文艺集） 五〇〇元
《苏维埃军人》（小说集） 六五〇元
《蒋管区民谣集》（附木刻） 六〇〇元
《荆各庄故事》（小说） 四五〇元
《翻身》（文艺） 九五〇元
《在伤兵医院中》（报道） 四五〇元
《新式商业簿记》（会计学） 六五〇元
《新华文摘》二卷八期止三卷一期 各五〇〇元
《文化翻身》十六十七十八期 各二五〇元
《社会主义发展史》 七〇〇元
《左派幼稚病》 一〇〇〇元
《国家与革命》 一一〇五元
《共产党宣言》 四五〇元
《两个策略》 一三五〇元
《无政府主义还是社会主义》 七五〇元
《中国革命战争的战略问题》 六〇〇元

《整风文献》（订正本）　　　　　　　一八〇〇元
《政治经济学》（修正本）　　　　　　九五〇元
《中国地租概说》　　　　　　　　　　八五〇元
欢迎邮购批发。

鲁西北书店启

（1948年4月6日）

《毛泽东印象记》

斯特朗等著

毛主席说："一切反动派都是纸老虎，美国的反动派也是纸老虎。看起来，反动派样子是可怕的，但是实际上没有什么了不起的力量。从长远的观点上看问题，真正强大的力量，不是属于反动派，而是属于人民。"

上面这段话，是从《毛泽东访问记》（美记者斯特朗作）中摘录出来的。本书包括类似这种会见记与访问记多篇，每篇都说明了中国人民伟大领袖毛泽东给予人们的深湛的思想家、杰出的理论家的印象。

华北新华书店发行。

（1948年4月8日）